1987
이한열

기획 (사)이한열기념사업회

1987년 8월 결성된 '고 이한열 열사 추모사업회'를 모체로 시작해 지금까지 이한열을 기억하고 그가 지키고자 했던 가치를 되살리고자 다양한 활동을 해 왔다. 1987년 이후 매년 이한열추모제를 열었고, 2008년부터 이한열장학회를 운영 중이다. 서울 신촌의 이한열기념관을 둥지 삼아 이한열의 유품과 그와 관련된 1987년 자료를 보존, 상설 전시하는 한편 연 3회 기획전시회를 개최하고 있다.

1987이한열 : 쓰러져 일으킨 그날의 이야기

2017년 12월 1일 초판 1쇄 발행
2018년 1월 12일 초판 2쇄 발행

기획 (사)이한열기념사업회
글쓴이 김정희

편집 김두완, 박보람, 이종배
마케팅 이승필, 강상희, 남궁경민, 김세정
펴낸이 윤철호
펴낸곳 (주)사회평론

등록번호 10-876호(1993년 10월 6일)
전화 02-326-1182(영업), 02-326-5845(편집)
팩스 02-326-1626
주소 서울시 마포구 월드컵북로 12길 17 사평빌딩
이메일 editor@sapyoung.com

ISBN 978-89-6435-991-4 03810

1987
이한열

쓰러져 일으킨
그날의 이야기

글 / 김정희
기획 / (사) 이한열기념사업회

사회평론

차례

꽃이 피었다
사람의 꽃이 피었다
거리에 무더기로
사람의 꽃이 피었다

친구를 추억하며

그해 여름의 기억

소설가 김영하

나이가 들수록 죽은 자들과 함께 살아가게 된다. 죽은 자들이 아무렇지도 않게 불쑥불쑥 떠오른다. 길을 걷다가, 밥을 먹다가, 책을 읽다가, 문득 그들과 있었던 일들에 사로잡힌다. 어차피 살아 있는 이들이라고 자주 만나는 것도 아니다. 죽음과 함께 바로 잊히는 이도 있고, 살아 있을 때보다 더 자주 기억하게 되는 이도 있다. 대체로 슬픔과 고통, 당혹감을 안겨 준 사람이 더 오래 가슴에 남는 것 같다.

한 달 가까이 뇌사 상태이던 한열에게 사망 선고가 내려지던 1987년 7월 5일에 나는 연세대 학생회관에 있는 동아리방에서 자고 있었다. 그가 SY-44 최루탄에 맞아 세브란스 병원에 입원한 6월 9일 이후로 나는 집에 들어가지 않은 채 주로 병원을 지켰다. 그해 6월은 혁명적 시기였다. 정치적 흥분이 공기 중에 가득했다. 낮에는 거리에 나가 시위를 벌이고, 밤에는 병원으로 돌아와 자는 이들이 많았다. 한열이 입원해 있던 중환자실 앞은 그들을 다 수용할 수 없었다. 가끔 나는 빈 병상에 기어들어 자곤 했다. 새벽에 간호사가 들어와 기겁하며 간밤에 어떤 환자가 여기 있다가 죽어 나간 줄 아냐고 야단을 쳤다. 결핵이라고 했던가. 병으로 죽을 수 있다는 생각은 전혀 들지 않던 스무 살이었다.

그러다 6.29선언이 나왔다. 이제 대통령을 직선으로 뽑는다고 노태우가 말했다. 학교를 지키던 이들도 TV를 보며 환호했다. 한열의 상태는 변함이 없었다. 뇌의 기능은 정지했지만 심장은 뛰고 있었다. 병원을 지키던 학생들과 시민들도 승리의 기쁨과 안도감을 누릴 권리는 있었다. 중환자실의 학생·시민의 수가 급격히 줄었다. 나 역시 7월 5일 당일에는 병원 복도보다 훨씬 안락한 동아리방 바닥에서 자고 있었다.

새벽에 총학생회 간부가 동아리방 문을 두들겼다. 한열이 사망했고, 병원에는 지금 고작 20~30명밖에 없다. 경찰이 시신을 탈취하려고 하니 학내에 남아 있는 인원은 모두 병원으로 가야 한다고 했다. 학생회관 4층 창문을 열어 보니 이미 전경의 바다였다. 평온한 일요일 아침, 수만 명의 전경이 병원과 학교를 에워싸고 있었다. 차량이 전혀 통행하지 않아 공기는 적막했다. 학생회관과 세브란스 사이에도 전경이 배치되어 있었다. 학생회관 1층에 모인 50여 명의 인원이 각목을 들고 기다리다가 총학생회 간부의 신호에 따라 일제히 뛰어나가 루스채플 옆에서 병원으로 가는 길목을 지키고 있던 전경들을 밀어내고 병원으로 진입했다. 병원에 남아 있던 수십 명의 학생들이 우리가 들어오는 것을 보고 일어나 반겼다. 신촌로터리에 시민들과 학생들이 속속 집결 중이지만 경찰의 봉쇄로 들어오지 못하고 있다는 소식이 들렸다. 서대문경찰서장이 '이한열의 사체 1구'라고 명시된 압수 영장을 들고 중환자실 앞에 나타나 법원의 명령에 따르라고 했다. "웃기지 마, 이 개새끼야!" 하고 누군가 소리를 질렀다. 6.29선언이 나왔는데, 그로부터 엿새밖에 지나지 않았는데, 우리는 승리했는데, 왜 이한열은 '사체 1구'가 되어 경찰의 압수물이 되어야 하는 것일까. 우리는 정말 이긴 걸까.

한열과 나는 같은 해에 같은 학교, 같은 과에 입학했다. 한 해에 460명가량이 입학하는 어마어마하게 큰 과였다. 학교 앞 술집에서 주먹다짐을 벌이고 파출소에 끌려가서야 같은 과 동기였음을 알게 되는 그런 과였다. 김 씨만 100명에 육박했다. 수업에 들어가면 성이 'ㄱ'으로 시작되는 동기들만 있었다. 수업에서 한열을 만난 적은 없다. 같은 과라는 것만 아는 정도였을 것이다. 그는 주로 학생회관 3층의 '만화사랑' 동아리에 있었고, 나는 4층의 '국악연구회'에 있었다. 가끔 계단에서 마주치면 인사나 나누는 정도였다. 그가 피격되던 6월 9일 전날에도 3층 만화사랑 앞에서 만났다. 6월 9일은 각 대학이 출정식을 하면서 다음 날 시내에서 있을 대규모 집회에 대한 관심을 끌어올릴 예정이었다. "너도 내일 참가하니?" 같은 대화가 오갔던 것 같다. 학생회관 건너편 도서관 기둥에 '가', '자', '시', '청', '으', '로'라는 여섯 장의 대형 대자보가 붙어 있던 나날이었다. 다음 날 자신에게 닥칠 운명 같은 것은, 우리 모든 인간이 그렇듯, 전혀 모르고 있었다. 대규모 집회가 열릴 것이고, 전두환 독재 정권을 무너뜨릴 것이고, 대통령을 국민의 손으로 뽑는, 민주주의가 꽃 피는 사회에서 살게 될 것이고, … 이런 생각만 하고 있었을 것이다.

한열은 다음 날 경찰이 쏜 최루탄에 맞아 피를 흘리며 쓰러졌다. 그런 일은 드물지 않았다. 내 친구 하나는 일명 사과탄 파편에 맞아 한쪽 눈을 실명했다. 사과탄은 수류탄처럼 안전핀을 뽑아 손으로 투척하는 휴대용 최루탄이다. 내 왼쪽 발목에도 '사과탄'이 폭발하며 박힌 파편들이 지금까지 남아 있다. 나는 한열이 피격되는 바로 그 순간은 보지 못했지만 아마 보았더라도 큰 걱정은 안 했을 것이다. 병원에 가서 이마 몇 바늘 꿰매고 그러면 다시 멀쩡해질 거라고 생각했을 것이다. 스무 살이니까, 아직 젊으니까, 살아갈 날이 많으니까. 그날 저녁에야 한열의 상태가 심각하다는 소식을 들었다. 같은 과 동기들이 병원에서 밤을 지새우기 시작했다. 평소 시위에 잘 참여하지 않던 친구도 많이 보였다. 나도 그들 중 하나였고.

서대문 경찰서장은 압수 영장을 집행하지 못하고 돌아갔다. 6.29선언의 기만성이 드러날 것을 우려한 정권이 포위를 풀자 신촌 로터리에 집결했던 학생들과 시민들이 어깨동무를 하고 병원으로 행진해 들어왔다. 지금도 가끔 떠오른다. 새벽에 보았던 전경의 바다. 압도적 고립감. 병원과 학교에 있는 인원을 다 합쳐도 100명이 안 될 거라고, 어쩌면 그를 빼앗길지도 모른다고 암울하게 말하던 학생회 간부의 표정.

며칠 후 장례가 치러졌다. 운구는 같은 과 동기들이 맡았다. 나 역시 그들과 함께 민중미술풍의 대형 그림을 어깨에 메고 관 앞에서 행진했다. 그가 쓰러진 백양로에서 시청 앞 광장까지 걸었다. 그로부터 한참의 세월이 흐른 어느 날, 광화문을 지나다가 동아일보사에서 무슨 보도사진전인가를 하고 있길래 들어가 보았다. 100만 명이 운집했던 그 장례식 장면도 있었다. 거기서 나와 친구들이 들고 가던 그 그림을 다시 보았다. 장례식 당일에도 그랬고, 보도사진전에서도 그랬지만, 전두환을 문어로 표현한 그 그림은 별로 마음에 들지 않았다. 좀 유치하고 직설적이라고 생각했다. 그래도 스무 살의 내가 거기 있었다. 구호를 외치고 있었던지 오른손을 번쩍 쳐든 모습이었다.

연세대 루스채플에서 추모 예배가 열렸던 것도 기억이 난다. 누가 부탁했는지 모르겠고, 나 혼자였는지 아니면 다른 연주자가 같이 있었는지 모르겠지만, 어쨌든 나는 그 자리에서 대금을 불고 있었다. 아마 김영동 작곡의 '어디로 갈 거냐'였을 것이다. 한열의 어머니께서 단정히 앉아 계시던 모습이 떠오른다. 같은 과 동기입니다, 라고 인사를 드리자, 고맙다며 손을 잡아 주셨던 것도 같다.

그해 겨울 노태우가 직선을 통해 제13대 대통령으로 당선되었다. 희망이 환멸로 변하는 데는 그리 오랜 시간이 걸리지 않았다. 삶은 계속되었고, 어디선가 누군가는 계속 싸우고 있었다.

가끔 생각한다. 한열은 왜 이렇게 오래 기억될까. 그가 다른 누구보다도 열렬히 투쟁했기 때문은 아닐 것이다. 그는 군사독재가 계속돼서는 안 된다고 믿었던 수많은 학생 중 하나였고 다만 운이 나빴을 뿐이다. SY-44 최루탄이 몇 센티미터만 비껴 나갔더라도 그도 다른 이들처럼 6월의 거리를 누비고, 6.29선언으로 잠깐 승리의 기쁨을 누렸다가 대통령 선거에서 좌절하고, 대학을 졸업한 후로는 민주화운동이나 노동운동 같은 것에는 서서히 관심을 잃어버리고, 자기 가족의 안위나 걱정하는 소시민으로 평범하게 살아갈 수 있었을 것이다. 한열이 자꾸만 소환되는 것은 우리가 바로 그렇게, 살아남았다면 그가 살아갔을 그런 모습으로 살아가고 있기 때문이다. 누군가 우리를 대신해 죽었기 때문에 우리는 그를 기억한다. 우리가 조금이라도 나은 사회에 살게 되었다면 우리를 대신해 죽은 사람들 덕분이라고 생각하고 그들을 기린다. 모두의 마음속에 그런 존재, 조용히 기억하고 기리는 이가 있을 것이다. 누군가에게는 그게 전태일이겠고, 누군가에게는 그게 세월호의 승객들일 것이다. 나에게는 그게 한열이었다. 내가 그였을 수 있고, 그 또한 나였을 수 있다고 생각하며 살아왔기 때문이다.

종로에 나가면 도나 기를 아느냐고 물으며 접근하는 종교인들이 있다. 죽은 이의 영혼이 내 어깨에 앉아 있기 때문에 삶이 피곤한 거라고 단언하는 이들. 코웃음을 치며 그들을 지나쳐 가지만, 그들의 말이 비유라면 영 그른 말도 아니다. 모든 인간은 이미 죽은 누군가를 대신하여 살아가고 있다는 것. 그래서 우리의 어깨가 늘 그렇게 무겁다는 것. 이 세상에는 먼저 죽은 자들의 몫이 있다는 것. 한열을 떠올릴 때면 그런 것들을 생각하게 된다.

일러두기

- 이 책의 글은 국립국어원에서 지정한 어문 규정을 따랐습니다. 단, 시위에 쓰인 구호나 과거의 언론 기사를 인용할 경우 되도록 당시 관행을 따랐고, 사투리는 사실감을 고려해 그대로 살렸습니다.
- 작품명을 표시할 경우, 단행본에 『 』, 영화, 방송 프로그램, 음악 앨범에 《 》, 신문, 잡지에 〈 〉, 미술 작품, 노래, 기타 소제목에 ' '를 적용했습니다.
- 각주에 단행본을 표기할 경우, 이어진 괄호 안에 글쓴이 혹은 엮은이, 출판사, 출판연도를 차례로 적어 두었습니다.

프롤로그

꽃이 피었다

꽃이 피었다. 사람의 꽃이 피었다. 한꺼번에 한자리에서 꽃 무더기가 100만 개씩 피어났다.

촛불집회였다. 서울 광화문 광장에 다섯 달에 걸쳐 연인원 1700만에 가까운 시민이 모였다. 발 디딜 틈 없이 광장은 가득 메워졌다. 2016년 말, 국정을 농단한 이들을 처벌하라고, 박근혜 대통령을 탄핵하라고 시민들은 외쳤다. 그리고 2017년 초, 국정 농단 세력은 구속되고, 박근혜 대통령은 탄핵되었다. 시민들이 해냈다. 거리로 나선 시민들의 힘이었다.

이 광경을 지켜보며, 혹은 이 광경 속의 수백만 중 한 사람이 되어, 우리는 과거를 떠올렸다. 그렇다. 우리는 이와 비슷한 광경을 이미 30년 전에 보았다.

1987년 6월, 그때도 거리에 사람의 꽃이 피었다. 무더기로, 무더기로 피었다. 그렇게 많이 핀 꽃을 우리는 이전까지 본 적이 없었다. 그해 6월 10일부터 17일간 연인원 500만에 가까운 시민들이 "독재타도 민주쟁취"를 외치며 거리로 나섰다. 30년이란 간극에도 불구하고 이 두 가지 상황은 놀랍도록 비슷했다. 국민의 신의를 버린 최고 통치자, 분노한 국민, 거리에서 펼쳐진 감동적이고도 평화로운 대규모 투쟁.

1980년 광주 시민들을 학살하고 쿠데타를 통해 무력으로 대통령 자리에 올랐던 전두환 당시 대통령은 국민들에게 약속했다. 1987년에 열릴 차기 대통령 선거는 국민들이 직접 대통령을 선출하는 직선제로 치르겠노라고. 평화적으로 민간에 정부를 이양하겠노라고.

그러나 약속은 지켜지지 않았다. 정부는 대통령 직선제 채택을 거부한 것은 물론 민주 인사들과 언론을 탄압하고 집회와 시위를 금지하는 등 반민주적인 철권통치를 1987년까지 이어 나갔다. 급기야 그해 1월에 있었던 서울대학교 학생 박종철의 물고문 사망 사건과 이를 단순 쇼크사로 은폐하려는 공권력의 시도가 드러나면서 국민들은 분노하기 시작했다. 폭력 정권을 규탄하고, 대통령 직선제를 뼈대로 한 민주헌법 쟁취를 열망하는 이들이 목소리를 점점 높였다.

그러자 그해 4월 13일 전두환 대통령은 개헌이 불가능하다는 판단 아래 '현행 헌법에 따라 후임자에게 정부를 이양하겠다'며 호헌 선언을 했다. 국민들은 이제 더 이상 참을 수 없었다. 민주 인사들과 재야 시민단체, 종교계를 중심으로 '민주헌법쟁취국민운동본부'가 결성되었고, 이들은 정부와 싸우기 위해 거리로 나설 것을 결의했다.

그해 6월 한 달 동안 민주화의 물결이 대한민국 전체를 뒤덮었다. 남녀노소, 직업과 신분을 불문한 국민들이 거리에서 민주화를 외쳤고, 결국 당시 집권당인 민주정의당 노태우 후보로부터 대통령 직선제를 수용하는 6.29선언을 이끌어냈다. 대통령을 국민이 직접 뽑을 수 있는 직선제를 16년 만에 되찾은, 그야말로 국민들의 승리였다.

이 승리를 위해 국민들을 전장으로 나오게 만든 중요한 인물이 있었다. 1987년 6월항쟁의 초입에 쓰러진 젊은이, 6월에 가장 먼저 핀 꽃이었다. 물론 그가 없었다 해도 6월항쟁은 일어났을 것이다. 그가 없었다 해도 국민들은 승리했을지 모른다. 하지만 그가 있었기에 국민들의 눈물은 더 뜨거워졌고, 분노는 더 높이 치솟았고, 결기는 더 단단해졌다.

이 이야기는 그 젊은이, 머리에 최루탄을 맞고 27일 동안 사경을 헤매면서도 항쟁하는 시민들의 가슴 속에 활활 타올라 국민들을 승리로 이끌었던 그 스물두 살 청년의 이야기다. 그리고 그를 지키기 위해, 그의 소생을 기원하며 싸웠던, 꽃처럼 아름답게 싸웠던 수많은 사람의 이야기다. 1987년 6월 9일로부터 시작되는 이야기다. 이제 그 꽃들을 만나러 가 보자.

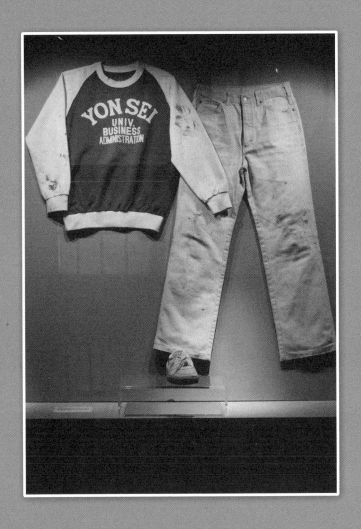

1부 /

중요한 약속

새소리도 들리지 않았다.

잦은 시위, 며칠에 한 번 꼴로 터지는 최루탄 때문에 각 대학 교문 앞은 늘 매캐한 냄새로 가득했다. 교정 어딘가에 최루 가스가 남아 바람이 불면 휘날렸다. 새조차 찾아오지 않았다. 서울 신촌동에 있는 연세대학교 앞도 마찬가지였다.

1987년 6월 9일, 그날도 큰 시위가 벌어질 것으로 예상되었다. 안 그래도 전국적으로 갑호 비상령[1]이 떨어진 상태였다. 전두환 정권은 그해 4월 13일, 대통령 직선제를 비롯한 민주적 헌법 개정을 요구하는 국민들의 의지를 묵살하는 호헌 조치를 발표했다. 국민들의 분노는 하루가 다르게 비등점을 향해 치솟고 있었다. 정국은 긴장의 연속이었다.

---

1   사회 치안이 위협에 처했다고 판단했을 때 경찰은 비상령을 내린다. 비상령에는 갑, 을, 병 세 단계가 있는데, 이 중 가장 수위가 높은 것이 갑호 비상령이다. 이때 경찰은 경찰력 전원이 비상근무 상태로 대기하도록 명령을 내린다.

특히 이날은 아침부터 신촌로터리와 학교 주변에 많은 전경이 배치되었다. 다음 날인 6월 10일은 민주헌법쟁취국민운동본부(이하 '국민운동본부')가 개최하는 '고문살인 은폐규탄 및 호헌철폐 국민대회'(일명 '6.10대회')가 전국적으로 열릴 예정이었다. 9일은 그 전야였다. 각 대학은 다음 날 열릴 국민대회 출정식을 준비했다.

연세대에서도 이날 '구출학우 환영 및 6.10대회 출정을 위한 연세인 총궐기대회'가 열릴 예정이었다. 학교 안팎이 수런수런했다. 긴장감이 교내 구석구석 퍼져 있었다. 다만 '4.13호헌조치'가 발표된 후에도 학내 분위기가 예상만큼 뜨겁게 달아오르지 않자 집회를 준비한 총학생회는 다소 초조감을 느꼈다. 출정식에는 과연 얼마나 많은 학생이 와 줄까.

이날 경영학과 2학년 이한열은 '소크소크' 역할을 맡았다. 소크란 시위하는 학생들과 전투경찰들 사이에 최소한의 거리를 확보하고, 경찰들이 시위대를 공격할 경우 이를 막기 위해 무장 상태에서 시위대를 보호하는 이들을 가리킨다. 시위 중 가장 많이 경찰에 잡혀가고, 가장 많이 다치는 이들이다. 그만큼 소크는 활동력은 물론 책임감과 용기를 가진 남학생들이 도맡곤 했다.

바로 그런 날, 그런 역할을 맡은 날 이한열은 아팠다. 몸이 으슬으슬하고 열이 났다. 언제부터 아팠을까. 전날 함께 시위를 준비하고 밤까지 학교 앞 '만수갈비'에서 술잔을 기울였던 학교 동아리

'만화사랑' 식구들도 몰랐다. 시위 당일 아침, 몸이 안 좋은 동생이 여느 때보다 일찍 서울 개봉동 집을 나서려는 것을 함께 사는 셋째 누나가 말렸다.

"안 돼, 누나. 나 오늘 약속이 있어. 꼭 지켜야 되는 약속이야. 빠지면 안 돼."

누나가 말려도 말을 듣지 않는 이한열을 마침 그날 아침 집에 들른 둘째 매형이 학교까지 태워다 주기로 했다. 이한열은 서울에 올라와 둘째 누나와 살다가 둘째 누나가 결혼과 동시에 분가하면서 셋째 누나와 살고 있었다. 그날은 둘째 누나와 결혼한 지 얼마 안 된 매형이 전해 줄 물건이 있어 개봉동 집에 들른 참이었다.

아침 8시경 매형 차를 타고 학교로 향한 이한열의 손에는 당시 대학생들이 가방 대신 많이 들고 다니던, 끈으로 모서리를 갈무리하는 파일이 들려 있었다. 그리고 그 속에는 불편한 몸을 다스리기 위한 약봉지가 있었다.

이한열은 경영학과 C반의 '반티(班 단체 티셔츠)'를 입고 있었다. 재적 인원이 많아 여러 반으로 나뉜 경영학과에서 이한열은 C반에 속했는데, 그 티셔츠는 그해 봄 친구들이 직접 디자인해 단체로 주문 제작한 옷이었다. 이한열은 그 옷이 마음에 들어 자주 입고 다녔다.

그날 오후 2시, 학생들은 각 학과·동아리 깃발을 들고 도서관 앞 민주광장에 모여들었다. 1000명 정도의 학생이 모였다. 보통 집회에 300~400명 정도 모이는 데 비하면 많은 수였다. 당시 사회 여론과 학내 분위기가 많은 학생의 참여를 이끌어 낸 결과였다.[2]

이날 집회에는 민주화실천가족운동협의회(이하 '민가협') 구속자 어머니 40여 명도 참석했다. 6.10대회와 관련한 성명서가 발표되고 분위기가 고조되었을 때 민가협 어머니 한 명이 무대 위에 올랐다. 학생들 사이에서 '어머니'라는 노래가 울려 퍼졌다. 당시 학생들이 민가협 어머니들을 맞을 때 많이 부르던 노래였다.

"사람 사는 세상이 돌아와 너와 내가 부둥켜안을 때/ 모순덩어리 억압과 착취 저 붉은 태양에 녹아버리고…"

민주광장에서 집회를 마친 학생들은 전두환과 노태우의 허수아비를 불태우는 화형식을 진행했다. 많은 외신 기자가 사진을 찍었다. 그리고 오후 4시경, 학생들은 여느 집회 때처럼 스크럼을 짠 채 구호를 외치며 교문으로 향했다.

"호헌철폐 독재타도!"

"군부독재 타도하고 민주정권 쟁취하자!"

학생들은 구호와 함께 노래를 불렀다.

"와서 모여 함께 하나가 되자/ 물가 심어진 나무같이 흔들리잖게…"

"단결하세 단결하세 해방의 함성으로…"

"군부독재 타도하자 훌라훌라…"

---

2 이날 집회 장면에 대한 기록은 『6월항쟁을 기록하다 3』((사)6월민주항쟁계승사업회 엮음, 민주화운동기념사업회, 2007) 중 194~200쪽 참고

1987년 6월 9일, 최루탄 피격 직전에 찍힌 경영학과 티셔츠 차림의 이한열 (ⓒ정국원)

이미 교문 앞은 전경들로 봉쇄된 상태였다. 학생들도 이에 맞서 소크를 배치하고 있었다. 이한열은 교문 중앙에서 서쪽으로 살짝 치우친 위치에 버티고 있었다.

이한열의 바로 뒤에는 그의 경영학과 1년 후배인 이상호(전 MBC 기자, 현 〈고발뉴스〉 기자)도 있었다. 사실 이상호는 그날 집회에 나가는 게 유난히 꺼려졌다. 불안해진 시국 때문에 시위에 나서는 게 두렵기도 했다. 그런 그에게 선배 이한열이 다가와 말했다.

"상호야, 내일은 전국 규모의 국민대회가 열리는 날이라 오늘 우리 학교의 출정식도 중요해. 내가 옆에 있을 테니까 오늘 교내 집회에 같이 나가자, 응?"

이상호는 평소 좋아하던 선배의 말을 거절할 수 없었다. 결국 꺼림칙한 마음을 완전히 털어 내지 못한 채 집회장에 나갔다. 집회가 이어졌다. 그리고 교문 앞으로 진출할 시간이 왔다. 이상호는 두려웠지만 '한열이 형이 소크로 나섰는데 내가 지금에서 빠질 수는 없지' 하는 생각에 곧 스크럼을 짜고 교문 앞으로 나아갔다. 그리고… 최루탄이 터졌다. 이상호는 정신없이 뒤를 향해 도망쳤다. 한열 선배가 어디쯤 있는지 확인할 엄두도 못 낼 정도였다.

그날 진압은 유난스러웠다. 최루탄이 전에 없이 많이 터졌다. 학생들도 당혹스러웠다. 그즈음 학생들은 과거와 달리 평화적인 시위를 진행하기 위해 많은 노력을 기울이고 있었다. 교문 앞 집회에서도 소크가 방어를 위한 무장은 하되 전경들에게 돌이나 화염병을 먼저 던지는 식의 '선제 타격'은 하지 않도록 했다. 전경이 공격해 온 다음에 비로소 물리적인 방어에 나서도록 했다. 이는 6월 9일에도 마찬가지였다. 그날 소크 진영의 대장이었던 행정학과 85학번 조정택은 시위 전 소크들을 소집한 자리에서 먼저 돌이나 화염병을 던지지 말고 지시를 기다릴 것을 당부했다.

그렇게 학생들이 교문 앞에 도달해 구호를 외치기 시작할 때 최루탄이 산발적으로 날아왔다. 그때까지도 조정택은 소크들에게 타격에 나서지 말고 대기하라고 지시했다. 그리고 2~3분 후, 갑자기 최루탄이 비 오듯 쏟아지기 시작했다. 기다란 총신에 최루탄 캐니스터를 꽂고 쏘는 SY-44 최루탄은 원래 허공을 향해 45도 이상의 각도로 발사해야 한다. 그래야 최루탄이 하늘에서 큰 포물선을 그리며 날아가고, 시위대는 이것을 눈으로 보고 피할 수 있다. 최루탄은 하늘에서 터져야 한다. 그런데 이날 다수의 최루탄이 땅과 평행하게 겨누어졌다. 사람을 향해 곧장 날아왔다. 그것이 이른바 '직격탄'이었다.

이날 YBS(연세교육방송국) 아나운서로 취재를 겸해 시위 현장을 둘러보던 정치외교학과 2학년 임수민(현 KBS 아나운서)도 전경들이 그렇게 최루탄을 쏘는 모습을 목격했다. 여느 시위와 뭔가 다른 분위기가 느껴졌다.

"유난히 최루탄을 많이 쏜다 싶었어요. 그러다 급기야 전경들이

사람을 향해 지면과 평행하게 발사되는 직격 최루탄의 모습

'지랄탄(페퍼포그로 쏘는 다연발 최루탄)'을 쏘기 시작했죠. 가스 주머니 하나가 바로 제 옆에서 터졌어요. 저는 그만 그 가스를 바로 흡입하고는 정신을 잃었죠. 얼마나 오래 의식을 잃었는지 모르겠는데, 곁에 있던 남학생이 흔들어 깨워서야 비로소 정신을 차렸습니다. '이러다 죽을 수도 있는 거구나' 하는 두려움이 생겼죠."

그렇게 유난스러운 시위 진압이 이뤄진 날, 그렇게 사람을 향해 직격으로 최루탄이 발사된 날, 결국 최루탄 중 하나가 한 학생의 뒤통수에 부딪치며 터졌다. 이한열이었다. 1987년 6월 9일, 그의 왼손 팔목에 채워진 시계는 오후 5시 5분에 멈춰 섰다.

그래도 앞에 선다

1986년을 지나면서 학생운동은 한껏 위축되었다. 신한민주당의 개헌추진위원회 경인지부 결성대회가 시위대와 경찰의 물리적 충돌로 무산된 '5.3인천사태', 경찰의 과잉진압으로 무려 1288명의 학생이 구속된 '건국대학교 애학투련(전국반외세반독재애국학생투쟁연합)' 사건이 바로 그해에 있었다. 두 사건을 통해 많은 학생이 검거됨에 따라 학생운동의 조직력이 약화된 것은 물론, 학생운동을 바라보는 사회의 시선도 부정적으로 변했다. 두 사건 모두 학생들의 과격한 폭력 시위에서 비롯된 것이라는 여론 때문이었다. 건국대 사건 이후 각 학교 캠퍼스에는 학생운동권을 비판하는 대자보가 나붙기도 했다. 이런 비판 때문에 이후 국민운동본부가 결성될 때 학생운동권은 제외되기도 했다.

학생들에겐 변화가 불가피했다. 일부 학생 조직의 고립된 학생 운동만 고집할 수는 없었다. 그 결과 대대적인 '대중화'가 시도되었다. 연세대학교에 만화사랑이라는 이름의 서클(동아리)이 만들어진 것도 그런 흐름을 따른 결과였다. 원래 이 서클은 '민족주의연구회'와 '우리경제연구회'라는 서클에 뿌리를 두고 있었는데, 만화라는 대중적 매체를 통해 더 많은 학생에게 다가가고자 1987년을 기점으로 새롭게 문을 열었다. 이한열은 바로 이 만화사랑 소속이었다.

물론 학생회 활동 내용과 분위기를 쇄신하고 서클 이름을 바꿨다고 해서 이른바 '운동권 학생들'의 분위기가 한꺼번에 바뀌진 않았다. 운동권 학생 중에는 과격하고 경직된 모습을 버리지 못한 이도 여전히 많았다. 독재 정권과 싸우는 것이 학교 공부보다 더 중요하다고 믿는 학생들은 수업에도 잘 안 들어갔다. 그러다 보니 학과 친구들을 만날 기회도 적었고, 운동을 하지 않는 친구들과 거리감을 갖는 경우도 많았다.

정치적 문제에 공감하지 못하는 학생들도 심정은 마찬가지였다. 수업에는 안 들어오면서 얼굴을 마스크로 가린 채 화염병이나 짱돌을 던지거나 각목을 휘두르는 운동권 학생들의 입장에 공감하지 못했다. 심지어 거부감을 느끼는 학생도 많았다.

그러나 지금 이한열을 기억하는 이들은 그를 양쪽 어디에도 놓지 않는다. 이한열은 사회를 변화시키고 정권을 바꾸고자 하는 이들이 학습한 사회과학 책을 열심히 읽으면서도 학과 공부에 소홀하지 않았다. 여러 지식인이 함께 저술한 『해방전후사의 인식』[3]을 읽는 동시에 성경 공부와 영어 공부도 했다. 이런 자신에 대해 한 친구에게 쓴 편지에서 "내 편안한 대로 택할 수 있는 여지를 만드는 기회주의적 자세인지도 모르겠다. 하지만 未明(미명) 아래서 옥구슬을 고를 순 없겠지" 하고 털어놓기도 했다.[4] 그렇게 이한열은 고민이 많고 신중했다.

이한열은 집회와 시위에 성실히 참가해 소크로도 나섰지만 시, 편지, 일기 쓰기를 좋아하는 감성적인 청년이기도 했다. 이한열의 1년 선배로 그와 가까이 지냈던 국문학과 남현영은 "학내 집회가 있는 날이면 시위가 끝난 후 혼자 학생회관 3층 휴게실인 '푸른샘'에 앉아 냅킨에 그날 시위에 대한 소회를 적어 내려가거나 그림을 그리는 한열이의 모습을 볼 수 있었다"고 전한다.

이한열은 만화사랑 활동 외에 학과 일도 열심히 했다. 2학년이 되면서는 경영학과 2학년을 집결시키는 데 관심을 갖고 활동했다. 1987년 5월 초부터 경영관 5층에 있는 경영학과 학회실에 하루도 빠지지 않고 찾아가 일을 했다. 그달 18일에는 '경영학과 2학년 총회준비위원회'를 발족시키고 준비위원 세 명 중 한 사람으로 선출되기도 했다. 그는 총회 소집을 위해 '모이자 경영 86'을 비롯한 여

---

3   한길사에서 1979년부터 총 6권 규모로 출간한 현대사 시리즈. 미군정이 한반도에 미친 영향, 토지 개혁의 과정과 성격, 친일 잔재에 의한 초대 정부 수립 등 당시 금기시되었던 민감한 문제를 다룬 서적 시리즈다. 기존 공교육에서는 접할 수 없었던 한국 현대사에 대한 새로운 지식과 수정주의적 해석 때문에 1980년대 대학에 갓 진학한 신입생들에게는 사회를 바라보는 '또 다른 시각'을 갖게 해 주는 필독서로 꼽혔다.

4   『이한열, 유월하늘의 함성이여』(이한열추모사업회 엮음, 학민사, 1989) 42쪽 재인용

러 유인물을 만들어 배포하는 등 학과 결속을 위해 노력했다.

이한열은 정이 많고 심성이 바른 사람이었다. 만화사랑 1년 후배인 의생활학과 심현우는 그를 "다정한 선배", "여러 선배 중에서도 후배들에게 제일 상냥하게 마음을 쓴 이"로 기억하며 "서클 신입생들에게 학내 집회 나가는 것도 몹시 조심스럽게 권유했다"고 말한다. 만화사랑 동기인 천문기상학과 고진숙도 "그 어느 남학생들보다도 여학생들과 대화가 잘 통하는, 대화를 할 줄 아는 친구였다"고 기억한다. 이한열과 사회과학 공부를 함께한 의생활학과 85학번 이소연은 이런 기억도 갖고 있다.

"한열이를 포함해 몇몇 친구, 선후배가 함께 여행을 간 적이 있었어요. 너무 고된 여정이었던 데다 여자는 저 혼자여서 몹시 힘들었는데, 그때 가장 자상하게 마음 쓰면서 저를 챙겨준 사람이 동기들이 아닌 후배 한열이었어요. '정말 이 친구는 사람이 진국이구나' 생각하면서 감탄했죠."

경영학과 동기들도 이한열을 합리적이고 다감한 친구로 기억한다. 경영학과 동기 조성훈은 "개인적으로 학생운동 하는 친구들이라고 하면 다소 무섭게 느꼈는데, 한열이는 목소리도 차분하고 성격도 부드러운 친구라 여느 운동권 친구들과 달리 편하고 친근하게 느껴졌다"고 말한다. 만화사랑 서클룸에서 이한열을 처음 만난 기악과 홍주진에게도 이한열은 첫인상부터 달랐다.

"만화사랑을 만화 좋아하는 사람들이면 누구나 지원하는 곳이라고만 생각하고 가입을 신청했어요. 그런데 막상 찾아가 보니 분위기가 좀 경직되어 있어서 음대생을 껄끄러워하는 게 아닌가 싶었죠. 그때 나서서 '와줘서 고맙다, 앞으로 잘 지내보자' 하며 적극적으로 맞아 줬던 게 한열이었어요."

이한열은 힘 있는 자가 그 힘을 마구 휘두르는 데 분노한 만큼 약자에 대한 연민도 깊었다. 1988년 서울올림픽을 앞두고 마구잡이로 이뤄지던 판자촌 철거 정책에 분노했고, 그렇게 집을 잃은 철거민들을 돕고 싶어 했다. 그래서 1987년 5월 개교기념 축제 때 '파전과 동동주를 비싸게 팔아서 남은 수익금은 명동성당에서 천막 치고 사는 철거민을 위해 사용하겠다'는 내용의 편지를 친구에게 전하기도 했다.[5]

이한열은 무엇보다 자신에게, 또 남에게 성실했다. 만화사랑이 만화 서클을 표방하기는 했지만, 기존의 민족주의연구회나 우리경제연구회 출신들이 모두 만화에 관심이 있거나 만화를 잘 그리는 건 아니었다. 그래도 서클 회원들은 만화 서클을 만들었으니 만화의 기본은 배워야 하지 않겠나 싶어 민중미술 작가 최민화로부터 그림 지도를 받기도 했다. 만화사랑에서 이한열과 가장 가까이 지내던 서클 1년 선배인 교육학과 김선영은 "그때 다른 사람들과 다르게 진짜 열심히 그림 연습을 했던 사람이 한열이었다"고 말한다.

5   『이한열, 유월 하늘의 함성이여』 44쪽 재인용

이한열은 그런 성실성 때문에 시위 때도 맨 앞줄에 서곤 했다. 열정도 있었지만 워낙 성실했다. 친구들에게 자신의 이름 중 '열'자가 한자로 '매울 열(烈)'자라면서 자신과 최루탄은 불가분의 관계라고 말하곤 했다. 또 이름 끝 글자가 같은 김주열 열사[6]와 자신을 비교하기도 했다. 토론 때는 "행동하는 양심으로 부끄럼이 없어야 한다"는 표현을 즐겨 쓰기도 했다.

그렇다고 이한열이 날아오는 최루탄이나 전투경찰을 두려워하지 않았던 건 아니다. 자신의 공포를 남들에게 솔직하게 고백하기도 했다. 남현영은 말한다.

"한열이는 시위 때 맨 앞에 서는 게 무섭다고 했고, 그런 솔직함 때문에 과격한 남학생들한테 비판을 받기도 했어요. 하지만 성실했고 책임감이 강했죠. 그래서 소크로 나서는 걸 피하지 않았던 것 같아요."

그리고 그런 성실함 때문에 약을 먹어야 할 정도로 몸이 안 좋던 1987년 6월 9일에도 이한열은 소크로 나섰다.

---

6   김주열 열사는 1960년 3.15마산의거 당시 실종되었다가 며칠 후 눈에 최루탄을 맞은 채 시신으로 발견되었다. 그의 죽음은 온 국민의 분노를 불러일으켜 4.19혁명을 촉발시켰다.

▶ 당시 상황을 소개하는 언론 기사를 보면 1980년대 중반에 학생운동을 했던 사람들이 인터뷰에서 '소크'라는 표현을 쓰는 걸 볼 수 있다. 우리말로 '수비조', '사수대', '전투소조'로 바꿔 쓸 수도 있는데 자연스럽게 '소크'라는 말을 선택한 건, 그만큼 이 표현이 널리 전파되어 자주 쓰였기 때문이다.

소크의 어원에 대해서는 다양한 설이 있다. 현 이한열기념관 관장 이경란은 선배로부터 소크가 북미의 소떼(혹은 소떼들의 방어 대형)를 일컫는 것이라는 설명을 들었다고 한다. 북미의 소떼들이 맹수의 공격을 받으면 수소들이 뿔을 바깥쪽으로 향하고 암소와 송아지를 둥그렇게 감싸서 보호하는데, 사수대가 그런 수소들의 역할을 했다는 것이다.

반면 연세민주동문회 사무국장이자 연세대 경제학과 84학번인 유영호는 소크가 'small organization for combat'의 줄인 말이라고 하고, 이한열이 쓰러지던 날 소크 대장을 맡았던 조정택은 'security of crowd'의 머리글자로 알고 있다고 한다. 민주화운동기념사업회에서 일하는 연세대 경영학과 83학번 송동현은 "당시 다른 대학에서는 전투소조를 대개 'CC Combat Cell'라고 했는데 연세대만 '소크'라고 불렀다"고 하니 학교마다 용어도 달랐던 것 같다.

이 말이 정확히 몇 년도부터 쓰였는지는 추적하기 어렵다. 그러나 국문학과 80학번 최병현에 따르면, 80학번만 해도 그런 표현을 쓰지 않았다. 실제로 80학번 이전 세대들의 시위는 학생회 같은 공개 학생 조직을 통해 집회를 열고 소크를 미리 조직해 시위대를 보호하는 형태가 아니었다. 시위의 조직과 진행이 보다 비밀스러웠다. 시위 주동자가 학교 건물 유리창을 깨고 나오거나 로프를 타고 내려오면서 구호를 외치는 식으로 기습 시위가 벌어지곤 했다. 사수대, 전투조 같은 개념이나 용어 자체가 없었던 것이다.

그러나 소크라는 용어는 1988년 이후 사라졌다. 자주와 민족을 중시하는 학생운동 진영에서 영어를 사용하는 데 반발했기 때문이다. 사수대 이름을 '오월대', '녹두대'라고 지었던 전라남도대학생대표자협의회(남대협) 학생들은 걸핏하면 영어 약자를 사용하는 연세대 학생들을 비판했다. 차츰 학생운동권의 용어가 우리말로 순화되고 있었다. '서클'이 '동아리'로 바뀌기 시작한 것도 이즈음이다.

이후 2000년대에 접어들면서 연세대에서는 사수대를 '한열대'라는 이름으로 부르기도 했다. 한때 이한열의 이름은 후배들에게 이렇게 남았다. ◀

힘드니까 쉬었다 가라

그날 도서관학과 2학년 이종창도 이한열과 마찬가지로 소크로 나섰다. 이종창은 도서관 앞 민주광장에서 집회를 조금 보다가 먼저 일어나 교문 앞으로 향했다. 학생 본대보다 일찍 나서서 교문 앞에 자리를 잡기 위해서였다. 그날 교문 동쪽 기둥 앞이 그의 위치였다.

얼마 후 시위대가 교문 앞에 도착했다. 평소에 시위는 학생들이 구호와 함께 교문 앞으로 한 발짝씩 나아가면 경찰들이 이를 저지하기 위해 최루탄을 쏘는 식으로 진행되었다. 그런데 이날은 뭔가 이상했다. 최루탄이 너무 빨리 터졌다. 보통은 학생들이 '이슈 파이팅(구호 외치기)'을 어느 정도 하고 나서야 비로소 전투경찰들이 최루탄을 쏘기 시작했는데, 이날은 스크럼을 짠 학생들이 교문 앞에 오자마자 최루탄이 터졌다.

"퍼퍼퍼퍼펑!"

경찰의 체포조도 거의 동시에 뛰어 들어왔다. 보호 장구를 완전히 갖추고 학생들과 대치하는 전투경찰과 달리, 체포조는 주로 학생들을 '잡아가기 위해' 기동성 있는 옷차림을 하고 사과탄(손으로 직접 투척하는 사과 크기의 동그란 최루탄)으로 무장하고 있었다. 이들은 하얀 헬멧에 청바지를 입어서 주로 '백골단'이나 '청카바'라 불렸다.

학생들은 보통 최루탄이 발사되면 캔이 날아오는 방향을 보고 이를 피했다. 최루탄이 날아오는 것을 보지 않고 뒤돌아 도망가면 최루탄이 떨어지는 위치를 몰라 최루탄을 맞고 다칠 수 있었다. 그러나 체포조가 학생들을 잡기 위해 달려들면 학생들은 뒤돌아 있는 힘껏 도망쳐야 했다. 잡히지 않으려면 빨리 도망가는 게 우선이었기 때문이다.

만일 최루탄이 터지는 동시에 체포조가 뛰어든다면, 체포조로부터 도망가기 위해 뒤돌아 뛰던 학생들이 최루탄에 맞아 다칠 위험도 커졌다. 그래서 이종창은 평소 경찰들이 최루탄을 쏘는 것과 시간차를 두고 체포조를 투입하는 것이 이런 위험성 때문일 것이라고 짐작했었다. 그런데 이날은 체포조의 움직임도 달랐다. '이상하다. 왜 최루탄을 쏘자마자 체포조가 뛰어 들어오지? 저러다 학생들이 다칠 수도 있는데….' 걱정하는 그의 앞으로, 또 위로 SY-44 최루탄, 사과탄이 동시에 터지면서 교문 앞이 최루탄 가루로 뿌옇게 뒤덮였다.

43

최루탄 피격 직후 쓰러진 이한열을 부축하고 있는 이종창(©Nathan Benn)

이종창은 일단 교문 안으로 조금 후퇴하기로 하고 발걸음을 돌렸다. 그런데 최루탄 가루가 조금 가라앉자 교문 앞에 한 학생이 쓰러져 있는 모습이 보였다. 옆으로 누운 상태로 조금씩 몸을 움직이고 있었다. '많이 다쳤구나!' 하는 생각에 이종창은 그 학생에게 달려갔다. 얼굴을 보니 개인적으로 아는 사이는 아니었다. 교문 앞을 흘끗 보았다. 체포조는 지금이라도 당장 교문 안으로 쳐들어올 기세였다. 이대로 두었다가는 이 학생이 전경들에게 끌려갈 수 있겠구나 싶었다.

이종창은 그 학생을 서둘러 안전한 곳으로 옮기기로 마음먹었다. 그의 어깨 밑부분을 끌어안고 몸을 질질 끈 채로 학교 안을 향해 뒷걸음질 쳤다. 교문 건너편 체포조는 다른 학생들이 모두 학교 안쪽으로 깊이 도망친 상태에서 교문 가까이에 달랑 남은 두 사람을 계속 지켜보고 있었다. 안간힘을 쓰며 학생을 끌고 가던 이종창은 어느 순간 한 기자가 가까운 거리에서 방독면을 쓴 채 자신들을 촬영하고 있는 모습을 발견했다. '아, 정말 무겁고 힘든데 좀 도와주지. 사진을 찍는 게 더 중요한가…'. 그 모습이 내심 서운했다. 축 처진 학생의 몸은 정말 무거웠다. 하지만 의식을 완전히 잃지는 않은 듯했다.

과연 그때, 그 학생은 이종창에게 한두 마디라도 말을 걸었을까? 그랬을 수도 있다. 하지만 이종창은 아무런 기억이 나지 않는다. 너무 긴장하고 다급했기 때문이다. 정신이 하나도 없었다.

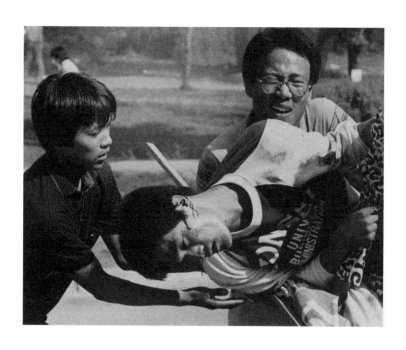

이종창으로부터 이한열을 인계받아 화학공학과 깃발로 감싸 안고 있는 이종혁(오른쪽)과
조영수(ⓒ정태원=로이터통신)

그날따라 최루탄이 너무 많이 터진 탓인시 다른 학생들은 이미 학교 안으로 멀찌감치 후퇴해 있었다. 주변에 도움이 될 손길이 안 보였다. 이종창 혼자 끙끙대며 학교 쪽으로 쓰러진 학생을 50미터 정도 옮겼다. 공과대 옆 테니스장에 이르러서야 주변에서 몇몇 학생이 달려와 부축을 도왔다. 이미 지쳐 버린 이종창은 그들에게 쓰러진 학생을 인계했다. 그렇게 긴장이 풀리자 잠시 의식을 잃고 말았다. 눈을 떠 보니 여전히 시위 중이었다. 호흡을 애써 가다듬었다. '아까 그 학생, 괜찮을까. 머리에서 피를 흘리기는 했지만 의식은 있었는데… 크게 다친 건 아니겠지? 괜찮아지겠지…'. 걱정을 접은 이종창은 잠시 후 자신이 지켜야 하는 교문 앞자리로 다시 걸어갔다.

이한열의 머리와 코에게서는 피가 가늘게 흘러내리고 있었다. 화학공학과 3학년 이종혁과 그의 1년 후배인 금속공학과 조영수가 이종창에게서 이한열을 인계받았을 때, 이종혁의 손에는 마침 화학공학과 깃발이 들려 있었다. 두 사람은 그 깃발로 이한열의 몸을 받아 안았다. 깃발에도 피가 뚝뚝 떨어졌다.

이종혁은 화학공학과 학생회장으로서 피 묻은 깃발을 다시 세우고 전열을 가다듬어 교문 앞으로 싸우러 가야 했다. 그래서 다시 교문으로 향하며 곁에 있던 경제학과 2학년 박남식을 비롯한 몇 사람의 손에 이한열을 맡겼다. 그날 이한열을 병원까지 이송한 학생은 10명이 넘는다. 이한열의 키는 175센티미터로, 당시 대학생으로

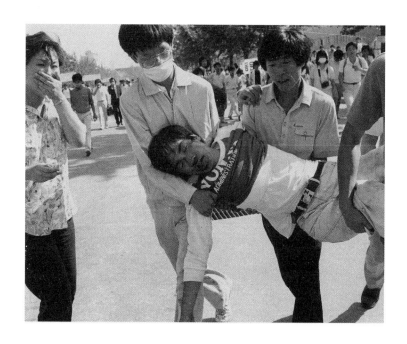

공과대학 건물 앞에서 이한열을 이송하는 학생들. 흰 마스크를 쓴 이가 박남식이다(ⓒ정태원=로이터통신).

서는 큰 편에 속했다. 몸집이 작은 편이 아니었다. 게다가 의식이 남아 있어도 몸에 힘을 줄 수가 없어 몸이 축 늘어져 있었다. 남자 네댓 명이 붙어도 팔다리를 잡고 옮기기 쉽지 않았다. 학생들은 이한열을 몇십 미터 옮기다가 다른 학생들의 손으로 넘기는 식으로 몇 차례 릴레이를 하며 그를 병원으로 옮겼다.

테니스장 근처에서 이한열을 인계받아 옮겼던 박남식은 연세대 교문에서 가장 가까운 건물인 공과대학 건물 북단 독수리상 근처까지 이한열을 옮겼던 것으로 기억한다. 세브란스 병원 응급실로 가는 지름길을 한참 지나친 곳이었다. 이한열은 옮겨지면서 머리가 아프다는 말을 했다고 한다.

학생들은 어디로 갈지 잠시 갈팡질팡했다. 일단 학생회관에 위치한 보건소로 가야 할지, 아니면 세브란스 병원으로 바로 가야 할지, 정확한 판단이 안 섰다.

역시 이한열을 이송한 경제학과 1학년 이상우는 세브란스 병원으로 향하는 백양로 동편 공터에서 이한열을 옮겨 받았다고 한다. 공대에서 학생회관 쪽으로 향하다가 아무래도 병원으로 가야 한다고 판단해 길을 돌이킨 듯하다.

"한열이 형을 받아 안고 옮기면서도 목숨을 위협할 만큼 안 좋은 상태라고는 생각하지 않았어요. 그때까지만 해도 의식이 있었거든요. 자기를 옮기는 사람들한테 '힘들 텐데, 좀 쉬었다가들 가'라고도 했어요. 세상에, 자기도 아플 텐데 우리더러 힘드니까 쉬었다 가라니…. 나중에 생각해 보니 그런 상황에서 한열이 형이 어떻게 남들이 힘든 것까지 걱정할 수 있었을까 싶었어요."

여러 학생이 이한열의 팔다리를 들고 이동하는 모습을 발견한 만화사랑의 김선영, 고진숙, 심현우는 곧장 달려와 그들과 함께 응급실로 향했다. "나 괜찮아? 괜찮은 거지?"라고 묻는 이한열에게 고진숙은 "그럼, 괜찮지. 괜찮아!" 하고 격려했다. 그러나 이런 대화는 얼마 가지 못했다. 이한열은 병원에서 곧 의식을 잃었다.

병원으로 실려 가는 와중에 이한열이 신고 있던 신발 두 쪽은 모두 벗겨졌다. 학생들이 그를 번쩍 들어 나르기 어려워 그의 발을 땅에 질질 끈 채 옮겼기 때문이다. 결국 그 신발 한 짝은 백양로에 굴렀지만, 다른 한 짝은 마침 근처에 있던 사회사업학과 이정희의 눈에 띄었다. 이정희는 바로 그 신발 한 짝을 주웠다. '쟤가 병원에서 치료받고 나와서 집으로 가려면 운동화가 필요할 테니 전해 줘야지' 하는 생각에서였다.

이정희는 그날 시위에 참가한 자기 학과 후배들의 안전 여부를 확인하고 나서 서둘러 세브란스 응급실로 향했다. 신발을 전해 주고 곧 돌아올 생각이었다. 하지만 응급실로 들어간 남학생은 좀처럼 나오지 못했다. 경과가 좋지 못했다. 그의 용태를 확인하러 온 사람이 하나둘씩 늘었다. 만화사랑 선후배 동기들부터 찾아왔다. 총학생회 간부와 학생처에서도 달려왔다.

세브란스 응급실은 아수라장이었다. 그날따라 격심했던 진압 때문에 여기저기 부상한 학생들로 가득했다. 두개골이 함몰된 채 실려 온 학생도 있었다. 그런 상황에서 이정희는 누구에게 대신 운동화를 전해 달라고 부탁할 수가 없었다. 손에 운동화를 든 채 하염없이 기다렸다. 운동화를 전달해 주지 않으면 돌아갈 수 없었다. 그렇게 저녁 시간은 깊어만 갔다.

신발 찾아가세요

이렇게 세브란스 응급실이 긴박하게 움직이고 있을 때, 학생들은 오후 7시 무렵 도서관 앞 민주광장에 모여 정리 집회를 하고 있었다. 오후 7시라 해도 밖은 대낮처럼 훤했다. 국가에서 1년 후에 열릴 서울올림픽을 대비해 시간을 한 시간씩 앞당기는 서머 타임제를 실시하고 있었기 때문이다.

시위가 끝나면 더러 분실물이 나오곤 했다. 시위에 작정하고 참가한 학생들은 대개 소지품을 최소화하고 나왔다. 최루탄과 전경을 피해 뛰어다녀야 했기 때문에 가방 같은 소지품은 학생회실이나 서클룸에 두고 시위에 참가했다. 신발은 달리기에 편한 운동화가 기본이었다. 그조차도 신발끈을 단단히 묶었다.

그런데도 정신없이 뛰어다니다 보면 안경을 떨구거나 신발이 벗겨지는 일이 생겼다. 그날도 유류품들이 나왔다. 특히 최루탄에 지랄탄까지 터진 그날은 유류품이 여느 때보다 많은 편이었다. 임수민도 그날 시위 중에 신발을 잃었다. 시위가 끝난 후 20여 분을 찾아 헤매다가 백양로 인근 배수로에 떨어져 있던 신발을 간신히 찾았다. 배수로에는 자기 신발 외에도 안경, 지갑 등이 떨어져 있었다고 한다.

정리 집회에서는 이렇게 사람들이 잃어버린 물건을 주워 모아 놓고 주인을 찾는 시간이 종종 마련됐다. 그날도 총학생회 총무부장 정성원이 연단에 사회자로 나와 운동화 한 짝을 집어 들고 마이크로 공지했다.

"신발 주인, 신발 찾아가세요. 아니, 자기 신발 벗겨진 것도 모르고 맨발로 집에 갔나."

정성원의 너스레에 학생들 사이에서는 웃음이 일었다. 그러나 주인은 끝내 나타나지 않았다. 주인이 나설 수 없었다. 신발 주인은 이미 세브란스 병원에 실려 가 있었기 때문이다. 이후 그 신발은 쓰레기통에 버려진 채 종적을 감췄다. 삼화고무에서 제작한 '타이거' 브랜드의 흰색 운동화였다.

당시 연세대 학생들은 시위를 하다가 다치면 일단 세브란스 병원 응급실을 찾았다. 그러나 연세대 재학생이라고 해도 병원에서 무조건 무료로 치료해 주지는 않았다. 총학생회 복지부장이 병원을 찾아가 부상자 수를 파악하고 부상 학생들의 치료에 대해 지급 보증 사인을 해야 했다.

그날도 총학생회 복지부장 김배균이 지급 보증을 위해 병원을 찾았다. 그런데 연세대학교를 담당한 국가안전기획부(이하 '안기부') 요원이 학교가 아닌 세브란스 응급실에 있는 것을 보고 평소와 다른 분위기를 느꼈다. 무슨 일이 일어났구나 싶었다.

응급실은 사람들로 붐볐다. 당시 세브란스 홍보실장을 맡은 박두혁도 그중 한 사람이었다. 1987년을 전후해 학교에서 큰 시위가 많이 벌어지자 세브란스에 입원한 환자들의 항의가 늘었고, 날아오는 돌 같은 물체로 병원 건물이 파손되는 일도 잦았다. 그래서 홍보실에서는 시위로 인한 피해 정도를 파악하고 기록하기 위해 병원 건물 중심으로 시위 사진을 찍어 두곤 했는데, 당시 그 담당자가 박두혁이었다.

박두혁은 1987년 6월 9일에도 세브란스 병원 주변에서 촬영을 하다가 중상을 입은 것처럼 보이는 학생이 응급실로 들어오자 서둘러 사진 한 장을 찍었다. 그런데 어디선가 누가 팔을 뻗어 박두혁을 제지하고 응급실 밖으로 내쫓았다. 경찰이었을까, 아니면 흥분한 학생이었을까. 혼란스러운 분위기의 원인은 잠시 후 밝혀졌다. 이송되어 온 학생은 위급한 상황에 놓여 있었다. 그리고 그 학생은 '경영학과 2학년 이한열'이라고 했다.

　오후 5시 15분경 학생들이 이한열을 응급실로 옮겨 왔을 때만
해도, 이한열은 의식을 잃지 않았다. 고통을 참기 어려웠는지 "뒤통
수", "전신마비"라고 단말마 같은 소리를 질렀다. "내일 시청에 나가
야 하는데…" 하는 말을 남기기도 했다. 그러나 곧 의식을 잃었다.

　머리에는 열상과 두개골 골절이 있었다. 뇌 단층 촬영을 해보
니 5개의 금속성 이물질이 나타났다. 이한열의 주치의였던 세브란
스 병원 신경외과 정상섭 박사는 "수술을 못 할 뿐 아니라 수술을
할 필요가 없는 상태"라고 진단했다. 손상된 뇌 부분은 수술을 한
다 해도 정상으로 되돌릴 수 없고, 금속 이물질을 제거하려고 수술
을 할 경우 더 큰 손상을 입을 수 있었기 때문이다.

　김배균으로부터 이한열에 대한 소식을 들은 연세대 총학생회장
우상호는 "혹시 조금 지켜보면 의식도 찾으면서 경과가 좋아질 수
있으니, 굳이 부모님은 부르지 말고 기다려 보자"는 말과 함께 신중
한 자세를 취했다. 그러나 상태가 매우 위중하다는 사실이 금세 밝
혀졌다. 학교 측은 전라남도 광주에 있는 이한열의 부모에게 연락
을 취했다.

　밤 12시가 넘어 이한열의 어머니 배은심 여사와 아버지 이병섭
선생이 달려왔다. 병원에 도착한 어머니는 오열하다 까무러쳤다. 아
버지는 말문이 막혔다. 그때껏 이한열의 가족이 오기를 기다렸던
이정희는 운동화를 건네기만 하고 집으로 돌아오지 못했다. 돌아
올 수 없었다. 쓰러진 아들을 보고 오열하고 절규하는 어머니를 보

니 그냥 병원을 나설 수 없었다. 경비 대책을 마련한다, 학교 측과 상의한다, 병세를 알아본다며 분주한 많은 학생 중에 정작 어머니를 위로할 사람은 없지 않을까 싶었다. 그래서 이정희는 귀가를 포기하고 어머니 곁을 지켰다. 손을 잡아드리고 위안의 말을 건넸다. 눈물과 비명과 한탄, 그리고 분노와 염려가 뒤섞인 병원은 무겁고 소란스런 공기로 가득했다. 이정희에게도 그렇게 혼란스러운 하루가 지나고 있었다.

우리 한이

"우리 착한 강아지를 누가…"

이한열의 부모에게 아들이 쓰러졌다는 소식은 청천벽력과 같았
다. 자정 넘어 병원에 도착한 어머니는 아들의 얼굴을 보고 바로 혼
절했다.

"아이고, 내 새끼야, 우리 이쁜 새끼야. 자라며 속 한 번 썩인
적 없는 순하고 착한 아들한테 이게 웬일이당가…"

공부도 척척 잘한 우리 한이[7]. 광주 진흥고등학교 졸업 때는
문과 250명 중에서 10등을 한 장한 아들이다. 고등학교 때 전교
학생회장도 했다. 키도 훤칠하니 잘생기긴 또 얼마나 잘생겼나. 우
리 아들이 고향집 온다고 해서 터미널에 나가 보면 고만고만한 사

---

7   '한이'는 가족들이 이한열을 지칭할 때 사용하곤 했던 이름이다.

이한열의 광주 진흥고등학교 졸업식 때 모습. 전교 학생회장이었던 그는 졸업생 대표로 후배들의 송사에 답사를 했다.

람들 속에서 머리통 하나만큼 튀어나와 단박에 눈에 들어오지 않았던가.

공부 잘하고 잘생기기만 했나. 착하기는 또 얼마나 착했는지. 한번은 아들이 고등학교 3학년 때 학교에서 합숙을 하며 공부를 한 적이 있었다. 그때 어머니는 점심을 만들어 학교까지 도시락을 가져다 줬다. 그런데 알고 보니 한이가 도시락을 어떤 친구에게 주고 자기는 굶는 게 아닌가. 그 후 어머니는 도시락을 두 개씩 썼다. 그러고 비 오던 어느 날 우산을 가지고 학교에 갔더니 한열이 친구들이 박수를 쳐 주는 게 아닌가. 영문은 몰랐지만 눈물이 핑 돌았다. 그런 아들이었다. 속을 썩이기는커녕 자랑스러운 내 새끼였다.

그런데 그런 아들이 대학에 들어가더니 어느 날인가부터 걱정을 끼치기 시작했다. 서울에서 한이와 함께 살면서 고등학교 교사로 일하던 셋째 딸이 어느 날 입을 열었다.

"엄마, 한이가 집에 들어오면 옷에서 최루탄 냄새가 나요."

가슴이 덜컥 내려앉았다. 아들이 서울에서 내려왔을 때 붙들고 물었을 때는 걱정하지 말라는 답만 들었다. 그래도 염려를 지울 수 없었던 어머니는 아들에게 약속을 받아 내려고 했다. 남자가 돼서 데모를 아예 안 할 수는 없으니 뒤에서만 하라고 당부했다. 이 말에 아들은 그러겠다고 했다. 앞에는 안 나서겠다고, 뒤에서만 하겠다고 했다. 그랬는데… 그렇게 약속했는데….

병원에서 소식이 오기 며칠 전인 6월 6일 현충일에 한이가 광주 집에 내려왔다. 방학하면 가겠다는 아들에게 한번 들르라고 사정한 끝에 어렵사리 맞이한 아들이었다. 아들은 고작 하룻밤을 자고 7일 아침 다시 집을 나섰다. 붙잡고 싶었다. 하지만 아들은 방학하면 오겠다고 하고 다시 서울로 향했다. 그런 아들에게 신신당부했다.

"그래도 제발 집에 좀 자주 내려와."

그것이 어머니와 아들의 마지막 만남이었다.

6월 9일 아침, 어머니는 어쩐 일인지 그날따라 아들과 몹시 통화를 하고 싶었다. 왜였을까. 하지만 끝내 수화기를 들지는 못했다. 아침부터 자식들이 세 들어 있는 주인집 전화기로 전화를 거는 게 미안했기 때문이다. 그런데 그렇게 전화를 할까 말까 망설였던 바로 그날, 서울에서 전화가 걸려왔다. 학생의 전화였다. 아들이 다쳤다고 했다.

아니… 엊그제 집에 다녀간 애가 위급하다니… 이게 도대체 무슨 일인가. 어머니는 농협에 근무하는 한열이 아버지한테 연락해 얼른 집으로 돌아오게 한 후 함께 서울로 향했다.

가슴은 타들어 가는데 서울로 올라가는 길은 멀기만 했다. 밤 늦게 터미널에 도착해 보니 아들의 지도 교수라는 사람과 함께 학생들이 나와 있었다. '교수가 마중을 나와 있는 것을 보니 보통 심각한 일이 아니구나' 하는 생각이 덜컥 들었다.

"이한열이가, 도대체 왜 이렇게 된 건가요? 어떻게 된 거요?"

교수를 붙들고 물었다. 교수는 우선 병원으로 가자, 어서 가 보자, 하면서 부모들을 이끌었다. 그렇게 정신없이 세브란스 병원으로 달려가 보니 시간은 벌써 자정을 넘어 있었다. 중환자실에 들어가 보니 아들이 정말 혼수상태로 누워 있었다. 어머니는 "우리 한열이 왜 이래요, 왜…" 하다가 쓰러지고 말았다.

쓰러진 어머니와 할 말을 잊은 아버지, 그리고 서둘러 달려온 이한열의 누나들…. 그중 누군가의 손에 어느 여학생으로부터 운동화 한 짝이 건네졌다. 그 여학생은 캠퍼스에서 운동화를 주워 들고 세브란스까지 넘어와 자정이 넘도록 쓰러진 학생의 가족들을 기다리고 있었다. '그 여학생' 이정희가 그렇게 이한열의 가족들 손에 운동화를 건넨 후 다시 그 신발을 마주하기까지는 28년이란 시간이 흘러야 했다.

한편 이한열의 만화사랑 선배인 김선영은 어머니와 비슷하면서도 다른 괴로움에 시달리고 있었다. 한열이는 자신이 참 예뻐하는 후배였다. 늘 바른 모습을 한 다정한 후배였다. 생각이 비슷한 운동권 학생들하고만 어울린 게 아니라 다양한 친구들과 만나 음악이니 전공 공부니 폭넓은 대화를 나누며 좋은 관계를 유지하고 있었다.

"언젠가 물가로 MT를 갔을 때 너도나도 장난삼아 서로를 물에 빠뜨리는 놀이를 한 적이 있었어요. 그때 한열이 정색을 하더니 위험하니까 그런 장난은 하지 말자고 서클 사람들을 말리더라고요. 그렇게 생각이 깊은 후배였어요."

키도 크고 잘생긴 훈훈한 후배. 만화사랑 친구들은 한열을 보고 차기 총학생회장 감이라며 입을 모으곤 했다.

그런데 9일 집회 전날, 김선영은 그렇게 친한 후배의 몸이 아프다는 사실을 몰랐다. 다음 날 있을 시위를 준비하고 뒤풀이 자리에 함께했을 때도 그 사실을 전혀 눈치채지 못했다. 다음 날 아침에는 집회 전까지 이한열과 마주치지 못했다. 중요한 집회 때문에 늦지 않게 학교에 가기는 했지만, 이한열이 훨씬 먼저 도착해 이미 소크 모임에 나가 있었기 때문이다.

이한열이 쓰러져 병원으로 옮겨지는 모습을 보고 병원까지 따라갔던 김선영은 서클룸으로 돌아와 이한열의 짐을 주섬주섬 챙겼다. 그중에는 한열이 늘 들고 다니던 파일도 있었다. 그날도 한열이는 그 파일을 들고 등교했다가 서클룸에 놓고 집회에 나갔던 것이다. 우연히 파일을 열어 본 김선영은 그 안에서 약봉지를 발견했다. '이 약이 뭐지? 어디 아팠나? 왜 나는 한열이가 아팠던 걸 몰랐지?' 그리고 얼마 후 김선영은 한열의 누나로부터 듣고 알게 되었다. 그날 아침 한열이에게 몸살 기운이 있었다는 것을, 그리고 누나가 말렸지만 나가지 않으면 안 되는 중요한 약속이 있다며 학교로 나갔다는 사실을.

이 사실은 이후 김선영을 두고두고 가슴 아프게 했다. 1년 후배인 한열은 그에게 가족 같은 동생이었다. 그런데도 아프다는 사실을 자신에게 얘기하지 않았다니… 야속하기만 했다.

"나한테 몸이 안 좋다고 얘기하지…, 그랬으면 어떻게 해서든 시위에 나가지 못하도록, 아니 소크는 하지 않도록 말렸을 텐데…, 왜 나한테 얘기조차 않은 걸까 싶었어요. 그리고 또 한편으로는 그 애가 그렇게 아팠는데도 전혀 알아차리지 못했던 게 너무나 미안했죠."

한편으로 김선영은 이한열이 어떤 사람인지 그 일을 통해 다시금 절절히 느꼈다. 아팠지만 약속했기 때문에, 약속을 지키기 위해 집회에 참가했던 한열. 그것도 가장 위험한 소크 역할을 하기 위해 학교로 향했던 한열. 그 책임감이 결국 그를 쓰러뜨렸던 것이다. 한열이가 쓰러진 그날부터 매일, 김선영은 낮에는 시위에 나가고, 밤에는 세브란스 병동을 지켰다. 다른 만화사랑 여학생들과 함께 한열이 가족들 곁을 지켰다. 한 달 동안 그는 거의 하루도 집에 들어가지 않았다.

한 장의 사진

6월 9일 아침, 로이터 통신 한국 특파원이었던 정태원 기자는 연세 대학교 교정에 일찌감치 도착했다. 여느 때처럼 세 대의 카메라를 챙겨 들고 있었다. '오늘은 학생들한테 별다른 연락이 없었으니 시위도 그다지 크지 않겠지.' 다음 날은 국민대회, 오늘은 출정식. 하지만 그날 시위가 그토록 격렬해질 줄은 예상하지 못했다. 경찰이 그토록 유별난 시위 진압을 할 줄은 몰랐다.

　　당시 전두환 정권은 언론 보도를 심하게 통제했다. 문화공보부 홍보정책실을 통해 매일같이 각 언론사에 기사 보도에 대한 가이드 라인을 내려보냈다. 기자들이 현장에서 아무리 취재를 잘해도 검열을 통과하지 못하면 보도가 불가능했다. 그나마 외신 기자들은 그러한 검열로부터 자유로웠다. 학생들의 주장을 보도해 줄 가능성도

높았다. 그래서 시위를 주도한 학생들은 여러 외신 기자에게 시위 계획을 비롯한 주요 정보를 미리 전달하곤 했다. 취재를 해 달라고 요청하는 일종의 '보도자료'였던 셈이다. 그렇게 학생들로부터 큰 시위가 있을 거라는 연락을 받은 외신 기자들은 카메라를 들고 '연세 비치beach'에 가서 미리 자리를 잡고 대기하곤 했다.

연세 비치라는 이름은 연세대 시위 현장을 자주 취재하던 외신 기자들이 연세대 앞 굴다리 위 철도에 붙인 별칭이다. 기자들은 그 굴다리 위에 포진해 있다가 시위 사진을 찍었다. 그곳은 시위대와 전경들의 격돌이 한 컷에 잡히는 훌륭한 포토 스폿photo spot이었다.

이곳에 '비치', 즉 '해변'이라는 별칭이 붙은 이유에 대해서는 다양한 설이 있다. 학생들이 물밀 듯 교문 앞으로 밀려왔다가 전경들이 최루탄을 쏘거나 진압을 위해 접근하면 썰물처럼 뒤로 물러서는 것 때문에 붙은 이름이라는 이야기도 있고, 제2차 세계대전에서 연합군이 승기를 잡은 계기가 된 노르망디 상륙작전의 노르망디 해안을 상징한 것으로 짐작한다는 이야기도 있다.

그러나 정태원은 연세 비치보다 시위 학생들 사이에서 근접 촬영하는 편을 택하곤 했다. 물론 위험했다. 최루 가스에 노출되지 않도록 방독면을 착용했고, 혹시 날아올 최루탄이나 돌에 맞지 않도록 헬멧도 썼다. 학생들과 뛰어다니다 보면 체력 소모도 컸지만, 현장성 있는 사진을 얻으려면 망원 렌즈로 원거리에서 촬영하는 것보다 학생 무리 안에서 촬영을 해야 한다는 것이 그의 생각이었다.

정태원이 지켜본 바에 따르면, 거리에서건 학내에서건 시위를 하는 학생들은 무거운 카메라를 들고 현장을 누비는 기자들에게 예의를 지켰다. 아무리 급박하고 위험한 아수라장 같은 상황에서도 학생들은 기자들에게 그 어떤 물리력도 행사하지 않았다. 반면 경찰들은 기자들을 구타하곤 했다. 전경들 앞에 서 있는 기자들을 경찰들이 뒤에서 때리는 경우가 왕왕 있었다. 기자도 공권력으로부터 얻어맞는 세상이었다.

그날 연세대 집회는 100여 명 학생들과 함께 시작되었다. 그리고 얼마 지나지 않아 학생 수는 200명, 300명으로 점점 늘더니 전두환·노태우 허수아비의 화형식 때는 700명에 달했다. 화형식 광경을 촬영하기 위해 많은 외신 기자가 현장에 모였다. 그 무리 안에는 정태원의 동생 정국원도 있었다. 그는 사진을 배우기 위해 형을 쫓아 현장에 나와 있었다.

스크럼을 짠 학생들이 교문 앞으로 나아갔다. 최루탄이 터졌다. 학생들이 뒤돌아 도망가기 시작했다. 학생들 속에 섞여 있던 정태원도 함께 움직였다. 그때 한 학생이 손을 머리로 올리는가 싶더니 그 자리에서 쓰러지는 모습이 보였다. 안 그래도 최루탄 연기가 자욱한 상황에서 방독면까지 쓰니 시야를 제대로 확보하기 어려웠다. 쓰러진 학생의 모습이 잘 보이지 않았다. 잠시 후 그 학생을 부축하는 다른 학생의 모습이 겨우 보였다. 사진을 찍어야 했다. 앞이

이한열과 그를 안고 있는 이종창의 사진은 전 세계로 퍼져 6월항쟁의 시작을 알리는 신호탄이 되었다. 이후 이 사진은 이한열을 상징하는 사진으로 자리한다(ⓒ정태원=로이터통신).

뿌에서 초점을 맞추기 어려웠지만 감각에 의지해 니콘 카메라 50밀리미터 렌즈를 피사체 쪽으로 향하고는 셔터를 눌러 댔다.

정태원은 직감했다. '저 학생, 위험한데⋯. 외상을 입고 피를 흘리는 거라면 경상일 수 있는데, 이 학생은 머리를 다친 것 같은데 피를 안 흘리잖아.' 뭔가 큰일이 일어날 것 같았다. 안 그래도 줄곧 조바심을 느껴오던 터였다. 그해 봄 내내 학생들의 시위 현장을 취재하면서 위험을 느낀 게 한두 번이 아니었다. 특히 전경들이 사람들을 향해 직격으로 최루탄을 쏘는 모습을 자주 목격했다. 이래서는 안 된다, 큰일 날 수 있다고 느꼈다. 그래서 전경의 직격탄 발포 장면을 사진에 담아 경찰 치안국장에게 가서 따지기도 했다.

"도대체 이게 그냥 최루탄을 쏘는 거요, 사람 다치게 하려고 대놓고 쏘는 거요? 이렇게 계속 직격탄을 쏘면 내가 이 사진을 전 세계 언론에 공개해 버리겠습니다."

사진이 공개되면 조직과 사회 안팎에서 비난받을 게 분명했기 때문에 치안국장은 쩔쩔 매면서 그에게 미안하다, 다시는 그런 일이 생기지 않게 하겠다고 말했다. 하지만 말뿐이었다. 오늘도 시위 현장에서 직격탄을 쏘아 대더니 결국 이런 일이 벌어지지 않았는가. 그는 서둘러 이 사진들을 통신사로 보내야겠다고 판단했다. 쓰러진 학생이 실려 가는 병원으로는 다른 직원을 보내고 사무실로 급히 뛰어 들어갔다.

사무실에서 필름을 현상해 보았다. 고개를 떨어뜨린 채 얼굴에

한 줄기 피를 흘리고 있는 학생을 다른 학생이 뒤에서 껴안고 부축하고 있는 모습. 잊을 수 없는 강력한 이미지였다. 그 자신도 사진의 임팩트에 전율했다. 그는 그 사진을 곧바로 통신사로 보냈다.

세브란스의 기적

이한열이 위급한 상황에 놓였다는 소식이 들리자마자 학생들은 긴장했다. 한열이를 지켜야 한다! 우리가 지키지 않으면 한열이를 소생시킬 수도, 한열이가 쓰러진 이유를 밝힐 수도 없다!

위기감이 고조될 수밖에 없었다. 1960, 1970년대에는 공안 사건으로 숨지는 이가 생기면, 공권력이 사망 원인을 은폐하기 위해 소리 소문 없이 시신을 처리하곤 했다. 1980년대에도 마찬가지였다. 1986년 노동자의 권리를 외치며 분신한 박영진 열사의 시신은 경찰의 손에 서둘러 화장되었다. 1987년 초 물고문으로 사망한 박종철 열사의 경우, 경찰이 부검을 하기 전에 유가족들을 회유하면서 각서를 받고 화장해 버리려 했다. '9500만원의 보상금을 줄 테니 아무런 의문을 제기하지 말라'는 내용이었다.

그런 시대였던 만큼 중환자실에 누워 있는 이한열도 안전하지 않았다. 이한열이 쓰러진 그날, 학생들은 바로 경비대를 조직하고 세브란스 병원에서 밤을 새워 이한열을 지키기로 결의했다.

그러나 이 경비가 하루 이틀 만에 끝날 일은 아니었다. 이한열이 언제 자리를 털고 일어날 수 있을지 아무도 가늠할 수 없었다. 병원은 매우 비관적인 전망을 내놓았다. 수술도 할 수 없다, 부종이 가라앉기를 기다리며 상태를 지켜보는 수밖에 없다는 입장을 밝혔다. 처음 며칠은 학생회, 서클 등을 통해 학생운동을 하던 학생들이 경비를 설 수 있겠지만, 이것이 장기화할 경우 이들만으로는 감당할 수 없었다.

총학생회에서는 학교 곳곳에 대자보를 붙였다. 학과별, 서클별로 날짜를 정해 돌아가면서 세브란스 병동을 지켜달라고 호소했다. 그때부터 기적 같은 일이 벌어졌다. 기존에 학생운동을 하던 학생들은 물론이요, 평소 운동권과는 거리를 두던 학생들까지 나서서 자기 학과가 경비를 맡은 날이면 마치 '과 MT'에 모이듯이 자연스럽게 세브란스로 모여들었던 것이다.

총학생회는 당시 이과대 학생회장이었던 천문기상학과 85학번 양정용을 경비위원회 위원장으로 임명하고 학생들을 조직적으로 배치했다. 유사시에 육성으로 도움을 청할 수 있도록 누군가 큰 소리를 내면 그 소리가 들릴 정도의 거리마다 최소 몇 명 이상의 학

학생들은 세브란스 병동 주변 지역을 나눠 단과대별로 경비 역할을 분담했고, 스스로
세브란스 병동에서 지킬 행동 수칙을 정해 이를 준수하기도 했다.

생들이 배치되었다. 하루 평균 500명의 학생들이 배치되었고, 많을 때는 2500명에 달하는 학생들이 세브란스를 지켰다. 이한열이 숨을 거둔 7월 5일까지 27일 동안 연인원 1만 명이 넘는 학생들이 세브란스에 모였던 것이다.

학생들은 낮에는 시내 곳곳에서 열리는 집회에 참여하고, 밤에는 학교로 돌아와 병동을 지켰다. 스스로 행동 수칙을 마련해 환자들에게 방해가 되지 않도록 정숙하고 경건한 모습을 보이자고 결의했다.

이한열과 학생 자신을 지키기 위한 각종 도구도 등장했다. 각목과 화염병은 기본이었다. 학생들은 병원에 굴러다니는 빈 병까지 모아 화염병을 만들었다. 한 사회학과 여학생은 호신 도구로 집에서 폐형광등을 들고 나와 눈길을 끌기도 했다.

학생들은 낯선 이들을 철저히 경계했다. 당시 이한열의 가족을 대표해 궂은일을 처리하던 이한열의 사촌 형 마대복은 이렇게 말한다.

"나조차도 학생들이 얼굴을 익히기 전까지는 화장실을 갈 때마다 매번 '누구냐'고 신분을 확인을 하는 절차를 거쳐야 했어요. 한열이를 지키려고 최선을 다하는 학생들의 열의에 신뢰가 느껴질 수밖에 없었죠."

이미 이한열은 연세대만의 이름도, 운동권만의 이름도 아니었다. 6월 9일에 로이터 통신 정태원 기자가 찍은 사진이 전 세계 유수 언론은 물론 국내의 삼엄한 검열망을 뚫고 6월 11일 〈중앙일보〉 지면에도 크게 실렸기 때문이다. 당시 〈중앙일보〉 사진부 이창성 부장은 정태원 기자로부터 해당 사진을 입수하고는 큰 충격을 받았다. 4.19혁명 때 마산 앞바다에 떠오른 김주열의 사진이 떠올랐다. 그리고 당시 김주열의 사진이 사회에 불러일으킨 충격과 여파도 동시에 떠올랐다. 이창성 부장은 각종 탄압과 불이익을 각오하고 자사 지면에 사진을 게재했던 것이다.

이 한 장의 사진은 국민들에게도 똑같은 충격을 안겼다. 공권력의 손에 학생이 다쳤다, 내 아들 같은 젊은이가 사경을 헤맨다, 꽃 같은 나이의 대학생이 민주주의를 외치다 쓰러졌다, … 온 국민이 분노했다. 이미 6월 10일 국민대회를 통해 전국 22개 지역에서 40만 명의 군중이 들불처럼 일어났고, '호헌철폐'와 '독재타도'를 외친 국민들의 가슴에 이한열이라는 이름은 화인火印처럼 새겨졌다. 이윽고 국민들은 거리 시위에 나와 "이한열을 살려내라"고 외치기 시작했다.

학생 사회에서도 이제 이한열은 '우리 모두가 함께 지켜야 할' 민주주의의 상징이 되었다. 이전에 학생운동을 했건 사회문제에 관심을 가졌건 상관없이 '모든' 학생이 세브란스 병동을 지켰다. 많은 여학생이 밤 새워 병동 지키기에 함께하지 못하는 미안함 때문에 새벽같이 김밥을 싸 와 밤을 샌 학생들에게 건네기도 했다. 기독교 서클인 'IVF' 여학생들은 국문학과 최유진의 집에 모여 세브란스를 지키는 학생들에게 전달할 주먹밥을 만들기도 했다. "모두가 같은 심정이었기 때문에 누구나 그렇게 하지 않으면 안 된다고 생각하고 자발적으로 참여했다"고 최유진은 말한다.

어떤 여학생은 당시 세브란스 병동을 지키다 갑자기 생리를 하게 되어 당혹스러웠던 기억을 이렇게 전한다.

"마침 주변에 생리대를 갖고 있는 여학생도 없었고, 그땐 위생용품 자동판매기도 없어서 많이 당황했는데, 불현듯 산부인과에 문의하면 어떨까 하는 생각이 들었어요. 그래서 산부인과에 찾아가 사정을 얘기했더니 흔쾌히 산모용 생리대를 주시더라고요."

이렇게 각자의 사연을 갖고 세브란스 병동에 모여든 많은 사람이 이한열에 대한 미안함을 이야기했다. 끝까지 함께 스크럼을 짜고 있었다면 이한열이 돌아서서 최루탄을 피하다 뒷머리에 맞는 일은 일어나지 않을 수도 있지 않았을까, 나는 스크럼의 뒷줄에 서 있다 무사히 도망갔는데 한열이는 앞줄을 지키느라 다친 것 아닌가, 그날 시위에서 다친 사람이 이한열이 아니라 바로 나였을 수도 있는데 그가 나를 대신해 최루탄에 맞은 것은 아닌가, 나는 그날 아예 집회에는 나가지도 않고 도서관에서 공부를 하고 있었는데… 죄책감과 미안함, 안타까움이 한 덩어리가 되어 그들의 마음을 흔들고 있었다.

이러한 참여에는 학과나 서클 구분이 없었다. 음악대학 기악과 87학번 이희석은 "우리 단과대가 세브란스 병원과 가장 가까운 데 위치해 있으니 경비를 서는 데도 더 많이 나가야 한다는 생각에 아예 학과 차원에서 힘을 모았다"고 말한다. 커다란 악기를 나르느라 자가용을 갖고 다니던 음대생 중 일부는 화염병을 만들기 위한 병을 나르는 데 자기 차를 제공하기도 했다.

교육과학대에서는 스포츠를 전공한 체육교육과의 건장한 학생들과 아담한 체구의 교육학과 학생들이 함께 경비를 섰다. 이때 세브란스 병동에서 경비를 선 체육교육학과 학생 중에는 후에 영화배우가 된 87학번 신현준도 있었다. 월간지 〈말〉 1994년 6월호에 실린 인터뷰에서 신현준은 당시 상황을 이렇게 회고한 바 있다.

"해병대 대령 출신인 아버지가 시위 참가를 금지하셨다. 하지만 이한열 열사가 중환자실에 있을 때는 체육교육과 전원이 병상을 지키는 일에 참가했다. 그건 어떤 이념이 투철해서가 아니었고, 누가 시켜서도 아니었다. 그것은 분노였다."

아무래도 참여율이 가장 높았던 학과는 이한열이 공부하던 경영학과였다. 이한열이 쓰러질 때 입고 있었던 경영학과 티셔츠를 동기 이종명과 함께 디자인하기도 했던 'C반 친구' 이영주는 다음과 같은 기억을 갖고 있다.

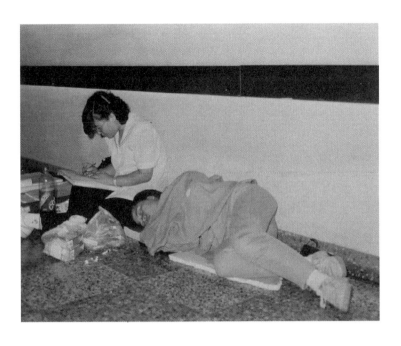

세브란스 병동을 지키는 학생들. 스티로폼이나 신문지 한 장을 깔고 쪽잠을 청하기도 했다.

"경영학과 동기들이 돌아가며 병동을 지키던 중에 A형 피가 모자라다는 병원 방송을 들었어요. 그래서 A형 혈액형인 친구 여러명이 헌혈을 하겠다며 갔다가 그중 한 명이 헌혈 도중에 기절하는 일이 발생했죠. 그때 병원 측에서 그러더군요. '몇 주째 제대로 잠도 못 자고 피곤한 학생들이면 그냥 돌아가서 좀 쉬라'고, '헌혈도 컨디션 좋을 때 하는 것'이라고… 그런 일이 있었죠."

이렇게 모인 학생들은 밤새 토론을 하며 병동을 지키다가 피로에 지치면 스티로폼을 깔고 지친 몸을 누이곤 했다. 이불 대신 신문지 한 장을 덮고 잠을 청했다. 쪽잠을 자면서도 시간이 나면 책도 읽고, 공부도 했다.

이렇게 많은 사람이 함께 의지하고 격려하며 병동을 경비했지만, 늘 삼엄한 분위기가 감돌았다. 특히 밤 시간에 그랬다. 낮에는 각양각색의 학생들이 번갈아 가며 병동을 지켰지만, 밤에도 그러기는 어려웠다. 그래서 학생운동에 깊이 개입한 학생들이나 자기 방어가 어느 정도 가능한 남학생들이 주로 불침번을 섰다. 팽팽한 긴장감이 밤공기를 덮었다. 이한열의 만화사랑 1년 선배인 경제학과 이태직은 당시를 이렇게 기억한다.

"한열이가 쓰러졌다는 사실을 충분히 슬퍼할 겨를도 없었어요. 낮에 시위를 나갔다가 밤에 병원에 돌아와 경비를 서고 있을 때 어디서 조금만 소란스런 소리가 들려도 혹시 경찰이 침입했나 싶은 생각에 모두 화들짝 놀라며 긴장하곤 했죠."

세브란스에서 밤샘 경비를 하진 않았지만 집에 가지 않고 도서관이나 학생회관에서 잠을 청한 이도 많았다. 혹시나 경찰의 침탈이 있으면 그곳으로 얼른 달려가기 위해서였다. 당시 교육학과 3학년이던 이경란도 그중 한 사람이었다. 상황이 허락하는 날이면 되도록 집에 돌아가지 않고 도서관에 들어가 책상 위에 엎드려 눈을 붙였다. 그렇게라도 세브란스 가까이에, 이한열과 친구들 가까이에 머물고 있어야 할 것 같았다.

이렇게 세브란스를 지키는 학생들까지 자칫 위험해질 수 있는 상황에서 학부모들의 심경은 복잡하게 엇갈렸다. 많은 학부모가 자녀로부터 이한열의 용태를 듣고 함께 걱정했지만, 자식이 세브란스 병동을 지키겠다며 집에 들어오지 않는다고 할 때는 자식의 신변을 염려하지 않을 수 없었다. 그래서 만화사랑 소속 어느 여학생의 어머니는 세브란스 병동을 떠나지 않으려는 딸이 염려되어 아예 학교까지 찾아와 딸과 함께 도서관 앞 집회에 참석하기도 했다.

모두가 만든 걸개그림

이렇게 용광로처럼 뜨거워진 연세대 교정을 한 달 내내 지켜본 그림이 있었다. 바로 정태원 기자가 찍은 사진을 바탕으로 만들어져 학생회관 바깥벽에 드리워졌던 걸개그림 '한열이를 살려내라!'였다.[8]

이 그림의 판화 원화가 만들어진 것은 정태원 기자의 사진이 신문에 게재된 바로 다음 날이었다. 6월 11일 아침, 신문을 펼쳐본 젊은 민중미술 작가 최병수는 깜짝 놀랐다. '연세대 학생이 최루탄을 맞고 쓰러졌다고?' 누군가의 손 아래 축 늘어진 한 대학생의 사진을 본 최병수는 피가 거꾸로 솟는 느낌이 들었다.

연세대는 그에게 남다른 인연이 있는 곳이었다. 바로 한 달 전 연세대 학생들이 '연대 100년사'를 대형 그림으로 제작할 때 그가

---

8   이하 최병수 관련 내용은 『목수, 화가에게 말 걸다』(최병수, 현문서가, 2006) 중 94~107쪽을 참고해 재구성

작업을 도와준 적이 있었기 때문이다. 그때 학생들과 제법 진해져 연세대 학생의 피격은 더더욱 남의 일로 여겨지지 않았다.

마음을 가라앉히고 기사를 자세히 읽어 보았다. 말미에 학생들이 '한열이를 살려내라!'라는 문구를 적어 가슴에 달고 다닌다는 글이 있었다. 그때 퍼뜩 이런 생각이 떠올랐다. 신문에 실린 이 사진을 판화로 제작해서 그 그림 밑에 '한열이를 살려내라!'라고 쓰고 이것을 천에 찍어내면 어떨까. 그리고 그 판화를 학생들의 가슴에 달게 하면 어떨까.

최병수는 이런 생각이 들자마자 연세대로 뛰어갔다. 작업 자체도 그를 조급하게 만들었지만, 무엇보다 이한열의 상태가 걱정되었다. 세브란스로 뛰어가 보니 마침 '연대 100년사' 작업을 할 때 알게 된 만화사랑 회장 김태경이 있었다. 그를 통해 쓰러진 이한열이라는 학생이 자신이 지난달 작업을 도와준 학생들과 함께 만화사랑 활동을 한 친구였다는 것을 알았다. 그의 마음은 더욱 무겁게 내려앉았다.

판화 작업은 쓰러진 이한열의 모습을 그려 내야 하는 만큼 이한열의 부모로부터 허락을 받아야 하는 일이었다. 그러나 최병수는 넋을 놓고 병원에 앉아 있는 이한열의 아버지에게 도저히 물어볼 수가 없었다. 그 대신 김태경에게 신문을 보여주며 이 사진으로 판화 작업을 하겠다고 설명했다. 마침 최병수는 '연대 100년사' 작업을 함께했던 당시 총학생회 여학생부 소속 문영미와 마주쳤고, 그

이한열의 사진이 <중앙일보> 지면에 실리고 채 24시간이 안 돼 최병수가 찍어낸 판화
'한열이를 살려내라!'

와 의기투합해 판화 작업을 함께했다. 제작에는 돈이 필요했다. 최병수는 총학생회 기획부장 장운에게 사정을 이야기했고, 장운은 그 자리에서 자기 책상 서랍에 들어 있는 5만 원을 갖다 쓰라고 말했다.

최병수는 목동에 있던 작업실로 뛰어가 바로 작업에 들어갔다. 사진을 보고 그린 그림을 뒤집어 나무 판 위에 붙이고 조각을 시작했다. 밤을 새워 파내다 보니 어느새 새벽이 왔다. 판화를 완성해 천에 찍어 보니 천이 밀려 잘 찍혀 나오지 않았다. 수작업 롤러의 한계였다. 그러던 와중에 박종철 열사의 영정 그림을 그린 화가 문영태 선배 집에 있는 프레스기가 떠올랐다. 최병수는 바로 그에게 연락해 프레스기를 쓸 수 있는지 물었다. 문영태는 프레스기를 마침 다른 사람에게 빌려주기로 했다며 난색을 표했다. 다급해진 최병수가 다시 입을 열었다.

"형, 사실은 최루탄에 맞고 쓰러진 이한열의 그림을 찍으려는 거예요."

문영태는 그 말을 듣더니 거두절미하고 바로 와서 먼저 프레스기를 사용하라고 했다. 최병수는 함께 있던 대학생 두 명과 문영태의 집으로 달려갔다. 그리고 네 사람은 세 시간 가까이 판화를 찍어 내고 판화 바탕 부분에 노란색과 붉은색 아크릴을 칠해 가로 10.5센티미터에 세로 16.2센티미터 크기의 판화 180장을 만들었다.

이렇게 전광석화처럼 제작된 판화는 순식간에 학생들 사이에 퍼졌다. 6월 12일 연세대 학생 3000여 명이 '살인적 최루탄 난사에 대한 범연세인 규탄대회'를 열었을 때 총학생회 임원과 민가협 어머니들이 이 그림을 옷에 붙이고 시위에 나섰다. 물량이 달려 200장이 더 찍혔다. 이후 나무로 만든 원판이 망가져 목판 대신 실크스크린이 사용되었다. 총 1만 장이 찍혔다. 복학생들은 예비군복 위에, 의치대생들은 하얀 가운 위에 판화를 달고 시위에 나섰다.

그렇게 부지런히 판화를 찍어 내고 배포하던 중 총학생회 여학생부에서 일하며 문영미와 함께 최병수의 작업을 돕던 의생활학과 이소연이 한 가지 제안을 했다. 판화 그림을 아예 대형 걸개그림으로 그려 건물에 매달면 어떻겠냐는 것이었다. 이소연은 이전에 총학생회 선거관리위원회 일을 하며 당시로서는 보기 드문 초대형 플래카드를 도서관에 거는 시도를 했는데, 그때 학생들 사이에 큰 화제를 모으며 톡톡한 홍보효과를 거둔 적이 있었다. 그때가 떠올라 걸개그림을 제안했던 것이다. 최병수도 그 생각에 동의했다. 좋다, 대형 걸개그림을 만들어 보자!

이제는 수십 명의 인력이 필요했다. 짧은 시간에 어마어마한 규모의 걸개그림을 만들려면 한두 명의 힘 갖고는 어림도 없었다. 판화의 원판 그림을 격자로 나눈 후 그리드 각각을 가로 10미터에 세로 7미터의 대형 천에 비율대로 확대해 옮겨 그렸다. 그림의 선은 먹줄을 튕기는 방식으로 그려졌다.

물론 대형 그림을 그리는 만큼 넓은 공간도 필요했다. 그래서 작업은 학생회관 2층의 넓은 공간에서 이뤄졌다. 학생회관 안의 서클룸, 총학생회실 등을 중심으로 활동하던 학생 수십 명이 작업에 동참했다. 문영미, 이소연 등 총학생회 여학생부원들, 김경고, 김재형 등 만화사랑 회원들이 주축을 이뤘다. 총학생회 문화부장 박노선, 문화부 차장 김미희 등이 작업에 필요한 여러 업무를 지원했다. 학생회관에 드나드는 학생들은 누구든 눈에 띄면 허드렛일을 도왔다. 그렇게 여러 사람이 밤을 꼬박 새워가며 작업해 하루 만에 걸개그림을 완성했다.

최병수는 이 그림을 갖고 영등포 성문밖교회로 달려갔다. 구로공단에서 재봉을 하는 사람이 그곳에 많았기 때문이다. 이들에게 천에 줄을 넣어 그림을 걸 수 있도록 천의 모서리를 꿰매 달라고 부탁했다. 그 작업에 또 하루가 걸렸다.

이렇게 완성된 걸개그림을 학생회관에 걸기 직전에 수십 명이 그림에 달려들어 천 뒷면에 붙은 신문지를 떼어 냈다. 그림을 그릴 때 물감이 배어나와 바닥에 묻지 않도록 작업 전에 바닥 위에 신문지를 깔아 뒀는데, 천 뒷면으로 배어나온 물감이 신문지에 들러붙어 있었기 때문이다.

학생들은 학생회관 옥상에 줄을 연결해 걸개그림을 드리웠다. 그 전에는 재료를 바닥에 놓고 작업하면서 작품을 근거리에서 볼 수밖에 없었던 터라 그림이 제대로 그려졌는지 확인하기 어려웠는데, 완성작이 건물에 걸리고 나니 비로소 작품 전체를 온전히 조망

대형 걸개그림으로 만들어진 '한열이를 살려내라!'를 건물에 매다는 데는 십수 명의 학생이 붙어 작업해야 했다. 학생회관에 걸린 '한열이를 살려내라!' 걸개그림은 이후 이한열이 사망하는 7월 5일까지 20여 일 동안 이 자리를 지켰다.

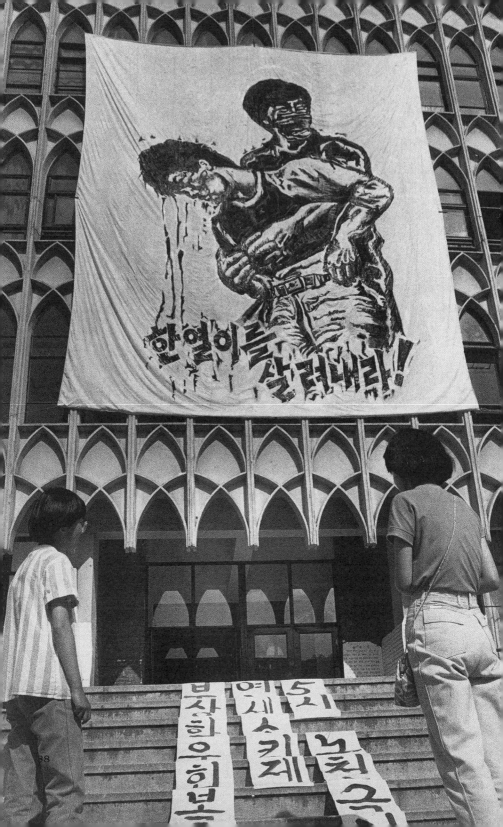

할 수 있었다. 작업에 매달렸던 이들 모두가 감격했다. 작품은 거대하고 장엄했다. 거친 판화의 선으로 묘사된 대형 그림의 강렬한 이미지가 가슴에 비수처럼 박혔다. 한국의 걸개그림 역사에 한 획을 그은 '한열이를 살려내라!'가 사람들 앞에 처음 모습을 드러낸 순간이었다.

▶ 걸개그림은 벽에 그림을 거는 불교미술 '괘화'에서 유래했다. 한국에서는 1980년대 들어 각종 집회의 배경으로써 분위기를 고조시키는 기법으로 널리 알려졌다. 작가 김봉준이 1982년에 제작한 '김상진 열사도'가 효시로 꼽히며, 최병수의 '한열이를 살려내라!'를 통해 대중과 가까워졌다.

최병수는 '한열이를 살려내라!' 외에 민중미술 걸개그림의 대표작으로 꼽히는 '반전반핵도'(1988), '백두산'(1988), '노동해방도'(1989), '장산곶매'(1991) 등을 속속 제작했다. 이한열을 통해 인연을 맺은 만화사랑 학생들과도 공동 작업을 이어 나갔는데, 위 작품들에도 김경고, 심현우, 김태경, 김선영, 이영갑 등 만화사랑 학생들의 손길이 많이 배어 있다.

이 가운데 '노동해방도'와 '장산곶매'의 경우, 1989년에 연세대에 입학해 만화사랑에서 활동한 천문학도 박순찬도 작업에 참여했다. 후에 만평 작가가 된 박순찬은 현재 〈경향신문〉 만평 '장도리'를 연재하고 있다. 그는 이한열기념사업회와도 깊은 인연을 맺어 2015년 이한열기념관에서 열린 '이한열: 만화사랑전'에 자신의 작품을 출품하는가 하면, 2017년에 진행된 이한열기념사업회의 다음카카오 스토리펀딩 '잃어버린 시간을 찾습니다'에서 대표 이미지를 제작하기도 했다. ◀

연세 공동체

한편 이한열을 지키기 위해 나선 이들은 학생만이 아니었다. 연세대학교의 거의 모든 구성원이 한마음이 되었다. 어른들도 함께 나서서 학생들을 지켰다.

스승들이 가장 먼저 나섰다. 1986년에 연세대 교수들의 대통령 직선제 요구 시국선언 발표를 주도했던 사회학과 박영신 교수(현재 명예교수)는 당시를 이렇게 회고한다.

"이한열이 쓰러지고 나서 우리는 안타까움과 분노에 사로잡혔다. 교수 서명 운동에 나섰던 우리 사이에 가만히 있을 수만은 없다는 마음이 오갔을 것이다. 우리는 연세대와 이화여대 사이 어느 찻집에서 다시 만났다. 모이기는 했지만 아무 말도 할 수 없었다. 무겁고 긴 침묵만 흐르고 있었다. 그때 무슨 말을 할 수 있었겠는가. 우리들은 결국 루스채플에서 교수들이 모여 그의 회복을 기원하는 말 없는 '침묵의 기도회'를 열자는 데 뜻을 모았다."[9]

기도회를 여는 데는 교목실의 도움이 컸다. 교목실은 예배실을 선뜻 내주었다. 기도회에는 다른 대학교 출신 교수도 많이 찾아왔다. 이 광경을 본 박 교수는 놀라지 않을 수 없었다.

교수들은 기도회를 끝내고 제자가 누워 있는 세브란스 병원으로 향했다. 박 교수는 "우리는 그의 병실 앞에 늘어서서 잠시나마 그의 아픔에 함께하고자 했다"고 회상한다.

기도 외의 형태로도 교수들은 이한열을 위한 행렬에 동참했다. 시국성명서를 내고 성금을 걷었다. 이한열의 부모에게 전달된 성금에 힘을 보탠 연세대 교수는 무려 221명에 달한다.

이한열의 지도 교수였던 경영학과 이완수 교수는 아예 병동에 간이침대를 놓고 한 달 내내 병상 곁을 지켰다. 담당의였던 정상섭 박사를 쫓아다니면서 제자의 병세를 하도 꼬치꼬치 캐물어 정 박사를 당혹스럽게 만들기도 했다. 당시를 기억하는 이들 모두가 입을 모아 "눈물겨운 정성"이었다고 말한다. 당시 연세대 학생처장을 맡았던 정진위 교수는 이 교수를 두고 "몸집도 조그마한 분이 정말 성심껏 한열이를 위해 애썼다"고 회고한다. 정진위 교수 역시 세브

---

9   2017년 6월 15일 이한열기념관에서 열린 '6월항쟁 30주년 기념 학술제' 발제문 중 일부 인용

란스에서 불침번을 서는 학생들을 보호하기 위해 병원을 수시로 드나들었던 터였다. 이완수 교수와 정진위 교수는 한 달 내내 이한열의 가족과 학생들을 위해 함께 동분서주하다가 결국 친형제처럼 가까운 사이가 되었다고 한다.

이외에도 학생들이 염려되어 병원을 찾는 교수는 많았다. 당시 불침번을 맡은 경영학과 86학번 유중원에게는 이런 기억도 있었다.

"어느 날 새벽에 당번을 서고 있는데 경영학과 박 모 교수님이 병원을 찾아오셔서 둘러보시고는 빵이 가득한 봉지를 별말 없이 놓고 가셨어요. 우리는 말없이 그 빵들을 나눠 먹었죠. 교수님의 마음이 전해주는 공감은 그 어떤 연설보다도 컸습니다."[10]

연세대학교 당국도 음양으로 학생들을 도왔다. 학교 측은 이한열이 중태라는 소식을 듣자마자 학교 대책위원회를 구성했다. 교무위원회를 열어 교학부총장을 위원장으로 하고 의무부총장, 세브란스 병원장, 가족대표 2명, 학생대표 2명 등 모두 206명으로 대책위원회를 꾸렸다. 안세희 총장은 '유감과 책임을 통감한다'는 내용으로 담화문을 발표했다.

세브란스 병원 측도 최선을 다했다. 당시 상황을 전달한 〈연세춘추〉 7월 9일자 호외에 따르면, 연세의료원 개원 이래 최대의 의료진이 투입되어 주치의 정상섭 박사를 비롯해 신경외과, 내과, 외과, 방사선과 전문의 10여 명과 인턴, 레지던트 3명이 24시간 병상을

10　페이스북 '이한열' 페이지(https://www.facebook.com/leehy.memorial) 2017년 3월 9일 업데이트 글 인용

93

지켰다. 특히 주치의를 맡았던 신경외과 정상섭 박사의 어깨는 무거웠다. 실제로 그는 이한열이 입원한 후 일주일 정도는 퇴근도 못 하고 병원에서 숙식을 해결하면서 경과를 직접 챙겼다고 한다. 무슨 일이 발생하면 바로 대응해야 했기 때문이다.

그 와중에 정 박사를 가장 힘들게 만든 것은 질문 공세였다. 언론은 언론대로, 학생들은 학생대로, 경찰은 경찰대로 정 박사에게 질문을 던졌다. 하지만 정 박사가 아무리 객관적으로 이한열의 상태를 설명해도 반문이 이어졌다.

"거짓말하는 것 아니냐고, 편파적으로 이야기하는 게 아니냐고 하는 사람들이 있었어요. 심지어 수술하면 좋아질 수 있는데 일부러 수술을 안 하는 게 아니냐, 이미 사망했는데도 살아 있다고 발표하는 게 아니냐는 오해까지 했죠."[11]

실제로 6월 10일에 열린 '고문치사 은폐규탄 및 호헌철폐 국민대회'에서 민주당 김영삼 대표가 "연세대 이한열 군이 새벽 6시쯤 사망했다"는 발표를 했다가 이재의 남대문경찰서장으로부터 "잘못된 보고를 듣고 유언비어를 유포하려 한다"는 항의를 받기도 했다.

그러나 정 박사가 판단하기에 이한열이 병원에 실려 왔던 시점부터 이미 그의 병세에는 수술이 의미가 없었다. 호흡, 혈압조절 등을 관장하는 뇌관 중추가 모두 모여 있는 부분에 최루탄 파편이 박혀 있었고, 그 부분이 손상되니 전반적인 부종이 일어나 뇌를 압박하고 있었기 때문이다. 부분 혈종이라면 그 부위를 제거해 뇌에 대

11　　SBS TV《궁금한 이야기 Y》중 '이한열의 잃어버린 시계' (2017년 6월 9일 방영) 인터뷰 중에서 인용

한 압박을 줄일 수 있겠지만, 뇌 전체가 부어 있는 상태라면 어느 부위를 제거하는 수술을 한다고 해도 나아질 리 없었다. 아니, 수술을 함으로써 뇌관을 손상하면 돌이킬 수 없는 지경이 되고 만다. 그래서 정 박사는 약물 치료를 택했다. 약물로 부기를 빼 가며 부피가 줄어드는 상황을 지켜보기로 했던 것이다.

병원 측은 이한열의 가족들도 아낌없이 배려했다. 이한열 어머니의 건강 악화를 우려해 이한열이 입원한 바로 다음 날인 10일 오전에 어머니에게 병실 하나를 따로 내주고 휴식을 취할 수 있도록 했다. 입원한 환자들과 그들의 보호자들도 따뜻한 손길을 내밀었다. 이전에는 학생들이 데모를 하면 최루탄 가루가 병실에 날린다고 항의하던 세브란스 환자들은 이한열이 쓰러진 후 경비를 선 학생들을 찾아와 '그때는 미안했다'며 사과하고 격려하기도 했다. 그 사이에 세브란스 병동 앞에 놓인 성금 모금함에는 정성이 가득 쌓였다.

이러한 이른바 '연세 공동체'의 힘은 보이는 곳에서, 보이지 않는 곳에서 모두 발휘되었다. 이한열이 쓰러진 후 27일 동안 총학생회 집행부와 각 단과대 대표, 서클연합회 책임자들은 집에 가는 것을 포기하고 학생회관에서 살다시피 했다. 식사도 학생식당에서 했다.

처음에 학생회관이나 세브란스 병원을 지키는 학생들의 식사는 총학생회가 학생회 예산으로 식권을 구매해 나눠 주는 식으로 해

후배가 쓰러졌다는 소식을 듣고 모교로 달려와 폭력 정권을 규탄하는 연세대 동문 선배들

결되었다. 그러나 그 인원이 기하급수적으로 늘면서 학생회 예산으로는 감당할 수 없게 되자, 학교가 나서서 무상으로 식권을 제공하거나 식당에서 식권을 받지 않고 학생들에게 밥을 먹게 했다.

동문들도 나섰다. 과거에 학생운동을 했던 선배들이 하나둘씩 학교로 모였다. 시민운동을 하는 이들, 노동운동을 하는 이들, 목회에 나선 이들이 모두 민주광장에 모여 후배들과 함께 집회를 열고 구호를 외쳤다. 총동문회에서는 성금을 걷어 이한열의 가족들에게 전달했다.

당시 국민운동본부 상임집행위원이던 경제학과 67학번 김학민을 비롯해 경영학과 76학번 강성구, 신학과 76학번 김거성 등은 매일처럼 학교를 찾아와 기도회를 이끌고 동문들을 조직했다. 동문들은 후배를 이렇게 쓰러지게 한 것을 통한한 동시에 쓰러진 후배와 위협받고 있는 이 땅의 민주주의를 함께 지켜 나가겠다고 다짐했다. 이렇게 모인 이들은 함께하자는 약속을 지켜 1987년 9월에 전국 최초의 대학 민주동문회인 '연세민주동문회'를 만들기에 이른다.

한편 총학생회 기획부장 장운은 당시에 민주당 김영삼 총재의 비서로 일하고 있던 체육교육학과 80학번 이성헌의 '속옷 쾌척'도 기억한다.

"한 달 가까이 집에 못 들어가서 속옷도 갈아입을 수 없는 처지였어요. 그런데 연세대 학도호국단장을 지낸 이성헌 선배가 뭔가 큰 보따리를 들고 총학생회실로 찾아왔어요. 보따리를 열어 보니

새 팬티와 양말 100벌이 들어 있었죠."

　학교 측 구성원 중에서 학생들과 가장 가까운 거리에서 도움을
준 이는 학생처 교직원들이었다. 그들은 최선을 다해 경찰들로부터
학생들을 보호하려 애썼다. 이한열이 쓰러지자 긴장한 건 학생뿐
아니라 경찰도 마찬가지였다. 관련 정보기관들은 신촌로터리 부근
'장미여관'에 상황실을 차려 놓고 학생들의 동향을 감시하며 정보를
수집했다. 당시 학생처에서 일한 홍순훈 선생은 이렇게 말한다.

　"기억나는 기관만 해도 교육부, 안기부, 치안본부, 서대문경찰
서, 보안사 등 대략 7개예요. 이들이 모두 장미여관에 모여서 사찰
경쟁을 벌이고 있었던 것으로 압니다."

　이런 상황에서 연세대 총학생회는 보안에 신경 쓰지 않을 수
없었다. 학생처 교직원들은 이런 학생들의 보안과 시위 준비를 몰래
도왔다. 직원 개인 승용차에 화염병을 실어 날라 주기도 하고, 학생
들의 시위 용품을 은밀한 곳에 숨겨 주기도 했다. 이한열의 가족들
이 병원 밖 공간에서 편히 머물러 쉴 수 있도록 학생회관 1층 모퉁
이에 방을 만든 것도 학생처가 나서서 했던 일이다.

　1987년 6월이 오기 전에 이미 연세대 학생처는 직원들과 학생
사이에 놓여 있던 '벽'을 허문 상태였다. 은유적 표현이 아니라 실제
로 물리적인 벽을 없애 버렸다. 혹시라도 과격한 학생들이 학생처
시설을 손상할까 염려되어 오래전에 설치했던 학생과 직원 사이의
칸막이를 치워 버렸던 것이다. 그 대신 학생들이 학생처 직원과 함

께 회의하고 대화할 수 있는 탁자와 소파를 들여놓았다. 학생처가 나서서 학생들 편이 되기로 했던 것이다. 홍순훈 선생은 이런 연세 공동체의 분위기를 이렇게 전한다.

"나 자신이 학생 시절에 민주주의를 위해 시위에 나섰던 사람이었기 때문에 독재와 싸우는 연세대 학생들을 열심히 도왔습니다. '학생과 우리는 한 몸'이라고 생각했어요. 나만 그런 게 아니었습니다. 연세대 학생처 전체 분위기가 그랬습니다."

정진위 교수도 이에 동의한다.

"다른 학교 학생처와 우리 학교를 모두 둘러본 기자들이 우리 학교의 분위기를 보고 놀라곤 했어요. 당시 학생처가 데모하는 학생들을 적대시하는 학교가 적지 않았거든요. 내가 학생처협의회 같은 외부 모임에 가 보면 실제 경찰과 똑같은 시각으로 학생들을 바라보는 선생도 볼 수 있었어요."

정진위 교수에 따르면, 1980년대 민족·민주운동의 메카 역할을 했던 연세대학교는 정부로부터 학생운동 주동자들을 제적시키라는 압력을 많이 받았다. 그러나 정진위 교수 자신이 "학생처장으로 재직하던 당시 단 한 명의 학생도 학생운동으로 제적시키지 않았다"고 한다. 연세대학교 총학생회는 이런 학생처에 감사하며 정진위 교수가 1988년 8월 학생처장 직을 사임할 때 사은패를 증정하기도 했다.

이한열이 병상에 누워 있는 동안 연세대 교문 앞에서 '한열이를 살려내라'며 시위를 벌인 민가협 어머니들

　　물론 학생과 교직원의 공동체 의식은 연세대 안에만 머물지 않았다. 다른 대학교 교수들의 위로금도 잇달았다. 그중 고려대에서는 교수 137명이 연세대에 위문금을 전달했다. 기도회를 갖는 교수, 직접 병원으로 찾아오는 교수도 많았다.

　　교수뿐이겠는가. 많은 국민이 총학생회실이나 병원으로 전화를 걸어 이한열의 용태를 묻고 학생들을 격려하곤 했다. 타 학교 학생들도 삼삼오오 세브란스 병원을 찾아와 경비를 자청했다. 목회자들은 매일 돌아가며 연세대를 방문해 이한열의 소생을 기원하는 기도회를 열었다. 민가협 어머니들도 연세대에 상주하다시피 하며 교문 앞에서 플래카드를 들고 '한열이를 살려내라'며 시위를 했다.

　　주민들도 시위 학생들을 격려했다. 이한열이 쓰러진 후 연세대에서 집회가 열려 학생들이 교문 밖에서 연좌시위를 할 때면 동네 주민들이 컵라면을 사서 학생들에게 던져 주기도 했다. 연세대 학생들을 상대로 수십 년간 장사를 한 학교 앞 주점 '훼드라'의 조현숙 사장도 세브란스 병동으로 빵을 사 들고 찾아가 학생들을 격려했다. 실제로 훼드라는 만화사랑 회원들과 이한열의 단골집이었고, 조 사장도 만화사랑 학생들과 이한열을 몹시 아꼈다. 조 사장은 "이한열은 언제나 술에 취하기 전에 자리를 끝까지 책임지고 정리했고, 마무리가 아주 반듯해 '정리맨'이라고 불렀다"고 기억했다. 만화사랑 회원들은 이한열이 중환자실에 있는 동안 병원 경비를 쉴 때면 학교 밖 본부처럼 훼드라에 찾아가 쉬곤 했다.[12]

12　　『태초에 술이 있었네 : 음식문화학교 교장 김학민의 술술 넘어가는 술 이야기책』(김학민, 서해문집, 2012) 275쪽 참고

▶ "보안이 생명이다!"

1970, 1980년대 학생운동에서는 안기부, 경찰 등으로부터 내부 정보를 지키는 보안이 중요한 숙제였다. 당시 학교 안에는 일명 '곰'이라 불리는 정보과 형사들이 상주했다. 뿐만 아니라 학생으로 위장하고 정보를 수집하고 다니는 '프락치'도 종종 적발되곤 했다.

학생들 사이에서 일기를 쓰는 것은 금물이었다. 언제 '달려 가서(경찰에 붙잡혀서)' 집이 '털릴지(수색을 당할지)' 몰랐기 때문에 함께 운동하는 사람들의 이름이나 활동상을 기록으로 남기는 건 금기시되었다. 비공개 조직에서 함께 일하는 사람들끼리 사진을 찍는 것도 마찬가지였다. 서클, 학생회 등 공개적으로 활동하는 공간이 넓어진 후에나 사진 찍는 것이 허용되었다.

그래서 1980년대 중반 학생 운동권에서는 영어 약자나 가명을 많이 썼다. 주로 시위 전술을 지시할 때 많이 사용했다. 앞서 설명한 '소크'도 그중 하나다. 이를 테면 이런 식이다.

> 오늘 스트의 *fc*는 만사의 혁이니 택이 내려지기를 기다려라.
> *p*세일을 위한 준비는 *kw* 쪽에서 한다. 아지와 프로파 준비
> 에 만전을 기하라.

해석을 하면 이렇다. '오늘 싸움(스트: struggle)의 야전사령관(fc: field commander)은 만화사랑(만사)의 이한열(혁: 이한열의 가명)이니 전술적 지시(택: tactics)가 내려지기를 기다려라. 유인물 배포(p세일: paper sail 혹은 print sail)를 위한 준비는 서울대(kw: 서울대가 관악(Kwanak)산에 위치했다는 이유로 붙은 이름) 총학생회(쫑: 첫 글자 '총'의 경음)에서 한다. 선동(아지: agitation)과 선전(프로파: propaganda) 준비에 만전을 기하라.'

이와 함께 영어 약자도 넘쳐났다. 노선이 서로 다른 진영을 일컫는 NL(National Liberation, 민족해방)과 PD(People's Democratic, 민중민주)를 비롯해 cap(capitalism, 자본주의), SM(Student Movement, 학생운동), LM(Labour Movement, 노동운동) 등의 용어가 있었고, 심지어 대학교들도 머리글자나 약어로 불렸다. 서울대는 kw, 연세대는 Y, 고려대는 K, 성균관대는 SKK(발음은 '에스꽝꽝'), 건국대는 KK 같은 식이다.

이렇게 약어를 사용한 주목적이 보안이었다지만, 사실 경찰들이 이 약어들의 뜻을 모르진 않았을 것이다. 그럼에도 학생들이 '경찰이 이미 알 만한 약어'를 꾸준히 사용한 이유는 약어가 말을 풀어쓰는 것보다 간편하고, 운동권 내부에서 자신들끼리 공유한 언어를 사용함으로써 타인들과 차별화하려는 문화가 있었기 때문인 것으로 보인다. ◀

운동의 풍경

6월 9일을 기점으로 연세대학교의 학내 시위는 그 모습이 확연히 바뀌었다. 세브란스 병동을 지키는 것과 별도로 민주광장에서, 교문 앞에서, 거리에서, 여러 형태의 '투쟁'이 이어졌다. 참여 학생 수도 기하급수적으로 늘었다. 세브란스 병동을 지키는 학생들이 그랬던 것처럼 학교의 모든 학과와 서클 사람들이 집회장에 모였다. 이들이 거의 매일 집회와 토론회를 열었다. 특히 6월 15일 노천극장에서 열린 학생비상총회에는 계단식 객석은 물론 무대 바로 앞 평지까지 빈자리를 찾을 수 없을 정도로 많은 사람이 모였다. 당시 〈주간조선〉 김광일 기자는 "7000명이 모였다"고 셈했다.[13] 이날 학생들은 곧 치러질 학기말 고사를 일주일 연기하기로 결의했다.

　당시 학생 조직 안에서는 사회과학 공부를 하며 학생운동을

13　　　『이한열, 유월하늘의 함성이어』 51쪽의 인용을 재인용

1987년 6월 15일, 이한열의 피격에 분노한 연세인들의 학생비상총회. 약 5000명을 수용할 수 있는 연세대 노천극장이 학생들로 가득 찼다.

하다가 고학년이 되면서 진로를 생각하거나 집안의 극심한 반대에 부딪혀 학생운동 활동을 그만두는 이가 적지 않았다. 특히 당시에는 학생운동을 마친 후 노동 현장으로 위장 취업을 하고 들어가 노동운동에 투신해야 한다는 의식이 팽배했기 때문에 노동운동을 할 자신이 없는 이들은 일찌감치 학생운동을 접기도 했다.

이렇게 '운동을 정리'하고 나면 그때부터 학생운동과 의식적으로 거리를 두고 집회장에 나가는 것도 꺼리는 사람이 많았다. 함께 활동하던 친구들과 선후배에게 미안하기도 하고, 시위 정보라든가 학습 내용과 같은 조직의 '기밀'을 공유할 수도 없었기 때문이다.

1980년대 중반까지 시위가 극렬해지면서 학생들의 시위 도구도 전에 없이 살벌해졌다. 폭력적으로 시위를 진압하고 학생들을 마구잡이로 잡아가는 전경들에 맞서려면 어쩔 수 없었지만, 일반인들이 볼 때는 과격하고 섬뜩했던 것이 사실이다. 학생들은 소주병에 시너를 넣고 헝겊을 꽂아 불을 붙인 화염병, 돌멩이, 각목 등으로 무장했다.

시위에 나설 때 마스크는 필수품이었다. 최루탄 가루나 가스를 조금이라도 덜 흡입하는 것이 1차 목적이었지만, 경찰들로부터 얼굴을 가려 신분을 노출시키지 않으려는 목적도 있었다. 경찰들은 '상습 시위자', '극렬 운동권'을 가려내기 위해 항상 시위 학생들의 사진을 찍었다. 가두시위에 나갔다가 붙잡히거나 불심 검문에서 걸려 연행된 학생이 '나는 운동을 하지 않는다'고 주장하면, 경찰은 이렇게 찍어 놓은 사진을 들이밀며 본인 확인을 했다. 실제로 당시 총학생회 사회부장이던 우현도 어느 날 경찰서에 연행되었을 때 자신은 시위를 안 했다고 주장했다. 그러자 경찰이 교문 앞 시위 장면을 찍은 사진을 슬라이드로 만들어 확대해 보여 주면서 자기 모습을 꼭 집어 추궁하는 바람에 더 이상 발뺌하지 못했다고 한다.

시위에서 접할 수 있는 최루탄 가루와 지랄탄 가스는 가공할 만했다. 최루탄 가루는 눈과 코를 맵게 하면서 피부를 가렵게 했고, 지랄탄 가스는 호흡 곤란을 일으켰다. 어떤 여학생은 지랄탄 가스를 마시면 자율신경에 문제를 일으켜 자기도 모르게 소변이 주르륵 흘러내린 탓에 시위가 있는 날이면 여분의 속옷을 챙겨 놓는 것은 물론 시위 시작 전에 반드시 화장실에 다녀오곤 했다.

학생들은 최루탄 가루의 피해를 조금이라도 막기 위해 희한한 아이디어를 동원하기도 했다. 눈에 가루가 들어가지 못하게 랩을 씌우기도 했고, 최루탄 가루의 매운 맛을 희석하려는 목적으로 눈가와 코밑에 치약을 바르기도 했다. 수영할 때 쓰는 물안경을 눈가에 밀착해 착용하면 가루가 눈에 들어올 수 없을 거라 계산해 물안경을 쓰는 사람도 있었다.

또 어떤 학생은 마스크도 구멍이 숭숭 뚫려 최루탄 가루를 제대로 못 막는다며 안에 휴지를 덧대어 착용하기도 했다. 심지어 마스크 안에 여성 생리대를 대고 시위에 나서는 학생도 있었다. 최루

시위 중 보호 장구로 '플라스틱 바가지 헬멧'을 쓴 학생의 모습. 6월항쟁 기간에 찍힌 사진이다(ⓒNathan Benn).

탄이나 체포조의 몽둥이에 머리를 다칠까 봐 플라스틱 바가지 안에 스티로폼을 붙이고 그것을 헬멧처럼 쓴 채 시위에 나온 학생들은 실소를 자아내기도 했다.

학생운동을 한 여학생들의 경우 전형적인 '운동권 패션'이라는 게 불문율처럼 존재했다. 집회가 있는 날이면 여학생들은 반드시 바지를 입어야 했다. 신발은 뛰기에 편하고 잘 벗겨지지 않는 운동화나 굽 없는 샌들만 신었다. 화장을 하거나 눈에 띄는 액세서리를 착용하는 것도 금기 사항이었다. 그래서 커다란 귀걸이라도 하고 등교했다가 선배들로부터 지적을 받거나, 집회가 예정된 날 치마를 입고 와서 꾸중을 듣는 여학생도 꽤 있었다.

지나친 노출은 금기 중에서도 금기였다. 시위를 하는 학생 중 민소매 차림은 남녀를 불문하고 쉽게 찾아볼 수 없었다. 학생들은 반바지도 입지 않았다. 기껏해야 일부 여학생들이 칠푼 바지를 입는 정도였다.

이처럼 학생운동에서 옷차림에 예민했던 데는 몇 가지 이유가 있었다. 우선 언제라도 시위에 나갈 수 있는 차림새여야 한다는 실질적인 이유를 들 수 있다. 최루탄 가루에 피부가 민감하게 반응하는 학생들의 경우 시위가 예정된 날이면 한여름에도 긴팔 윗옷을 준비해 오기도 했다. 이렇게 하고도 가루를 바로 씻어 내지 못했다가 수포가 생긴 학생도 있었다.

이런 실질적인 이유 외에 운동을 임하는 자세에 대한 자기 검열이나 타인의 비판도 한몫을 했다. '군부독재를 타도하는' 싸움이 눈앞에 있는데 화장을 하고 겉모습을 꾸며서야 되겠느냐는 인식이었다. 그러다 보니 자외선 방지 크림 하나 바르지 못하고 집회에 참가해 피부가 까맣게 탄 여학생들은 화장을 하고 다니는 밝은 피부의 여학생들과 확연히 구분되곤 했다.

옷차림뿐 아니라 이성 교제에 대해서도 운동권 학생들은 신중한 자세를 취했다. 엄한 선배들은 후배들에게 '운동에 전념하려면 연애는 자제하라'고 충고, 혹은 지시했다. 이한열이 최루탄에 피격된 그날 시위에서 경찰의 최루탄에 맞고 응급실에 실려 간 물리학과 3학년 안남재에겐 이런 경험이 있었다.

"1학년 때 잠시 이화여대 학생과 만난 적이 있었어요. 그때 저의 연애 사실을 알게 된 서클 선배들이 저를 불러놓고 연애는 안 했으면 좋겠다고 설득을 했죠. 진지하게 학생운동을 하려면 그래야 하는 것으로 알고 저는 결국 그 이화여대생과 헤어졌어요. 이후 졸업할 때까지 여학생을 한 번도 사귀지 못했죠."

이처럼 1980년대에는 '운동권'과 '비운동권'의 분위기가 확연히 구분되었지만, 1987년 6월의 풍경은 사뭇 달랐다. '자기 검열'에 통과한 사람만 집회에 나온 게 아니라 학생운동을 이미 '정리'했던 사람들도 너나없이 집회에 나왔다. 그리고 토론회에 참여했다. 세브란스 병동으로도 달려왔다. 스크럼을 짜고 교문으로 행진했다. 교문 앞에서 누운 채 시위도 했다. 그만큼 그때는 운동권이고 아니고를 구분할 수 없었고, 구분해서도 안 되는 시국이었다. 이 모든 현상을 이한열이 만들었다. 그 전까지 단 한 번도 학생운동에 관심을 가져 본 적이 없던 학생들도 총회에 참여했고, 함께 구호를 외쳤다.

평소 집회현장에서 거의 볼 수 없었던, 구두를 신고 치마를 입은 여학생들도 집회에 참석했다. 교문 앞까지 행진도 함께했다. 최루탄이 터져 도망을 가다 보면 하이힐이 벗겨지고 귀걸이가 떨어지기도 했다. 그래서 과거 집회에서 볼 수 없었던 새로운 유류품들이 적잖이 쌓이곤 했다.

남학생들의 경우 특히 예비역의 활약이 눈에 띄었다. 6월 17일 군에서 제대한 예비역들로 구성된 '예비역협의회'는 수십 명, 수백 명 단위로 예비군복을 입고 학생총회에 참가했다. 처음에는 소수였던 예비역들의 수가 어느새 그만큼 늘었던 것이다. 총학생회 기획부장 장운은 당시를 이렇게 기억한다.

"다양한 예비역들이 동참했습니다. 일반 보병 출신을 비롯해서 공수부대, 특전사, 해병대 출신에 학사 장교들까지 나섰어요. 학사 장교 같은 이들이 군복을 입고 시위에 참여한다는 건 엄청난 결단이 아닐 수 없었죠. 신분이 노출되니까요. 처음에 한두 명이 참여했을 때는 군복을 입고 나오지 못했지만 그 수가 매일 늘어나 수십 명이 되니까 모두 군복을 입고 나왔어요."

예비역들은 집회에 단순히 참가만 한 것이 아니라 교문 앞 시위 때도 큰 역할을 했다. 그들은 예비군복을 입고 교문 앞 철길 위에 올라가 시위 중인 학생들을 보호했다. 군에서 작전 지휘를 해 본 경험이 있는 장교 출신들은 경비 전략과 전술을 짰다. 경영학과 81학번으로 초대 '복학생협의회' 의장을 맡기도 한 현경택은 당시를 이렇게 이야기한다.

"저는 전경과 멱살을 잡고 백병전을 하던 시절에 학생운동을 한 경험이 있었어요. 그런데 군대에 있다가 몇 년 만에 복학을 하니 후배들이 전경과 대치하고 싸우는 데 허점이 보이더라고요. 그래서 저를 포함한 복학생들이 경험을 살려 전경들의 방어선을 앞장서서 뚫고 나갔습니다."

이들이 앞장선 6월 15일 시위는 여러 면에서 특기할 만하다. 이날 학생들은 교문 앞을 막아선 전투경찰들을 밀어내고 신촌로터리까지 진출할 수 있었다. 워낙 많은 수의 학생이 시위에 나선 데다 예비역들의 노련한 지휘와 맹활약이 있었기에 가능했던 일이다. 그날 거리에서 학생들은 인근 시민들과 함께 즉석 토론을 하거나 구호를 외쳤다.

한편 이날은 이한열을 부축했던 이종창이 전경이 던진 돌에 맞아 큰 부상을 입은 날이기도 하다. 이날 머리를 크게 다친 이종창은 이후 세브란스 병원에서 2차 수술까지 받을 정도로 심한 고생을 했다.

▶ 이종창은 이한열과 여러 겹의 인연으로 엮였다. 우연히도 이한열의 생사를 가르는 중요한 순간마다 그의 곁에 있었다. 최루탄에 피격된 이한열을 처음 발견해 안전한 곳으로 옮긴 것을 시작으로, 이한열처럼 시위 중 머리를 다쳐 세브란스 병동에 그와 나란히 입원해 있기도 했다.

1987년 6월 15일이 되기 며칠 전, 이종창은 시위를 하다가 최루탄 가루를 뒤집어썼다. 그리고 그 상태 그대로 철야 집회에 참가하는 바람에 최루탄 가루를 제대로 씻지 못했다. 아침이 되니 목덜미, 팔 등 옷 밖으로 피부가 노출되었던 신체 부위에 온통 물집이 잡혔다. 그것은 최루탄 가루가 일으킨 '화상'이었다. 이종창은 피부가 회복될 때까지 최루탄을 멀리할 수밖에 없었다.

그래서 그는 6월 15일 집회에서는 시위대열로부터 다소 거리를 두고 떨어져 있다가 전경과 학생들 사이의 공방전이 소강상태에 접어들었을 때 비로소 교문 앞까지 나갔다. 그러던 어느 순간 학생들이 교문 담벼락에서 떼어 낸 전경들에게 밀고 가려다 중간에 놓고 간 쇠창살이 눈에 띄었다. '난 시위에 참여하지 않아 힘이 남아 있잖아. 내가 저걸 끌어다 놓았다가 나중에 전경 쪽으로 다시 밀고 나가 볼까.' 이종창은 이렇게 생각하고 전경들 쪽으로 다가갔다. 창살을 잡고 학교 쪽으로 돌아오려고 뒤돌아선 바로 그때 돌멩이가 하나가 날

113

아와 뒷머리를 때렸다. 뒤를 돌아보니 하얀 헬멧에 빨간 티셔츠와 청바지를 입은 백골단 한 명이 그를 보고 씩 웃고 있었다. 자신이 던진 돌에 학생이 정통으로 맞아서 신이 난 모양이었다.

처음엔 맞은 부위가 얼얼했지만 막상 만져 보니 혹만 나고 피도 안 흘러서 크게 다친 줄 몰랐다. 그런데 학교로 들어오고 조금 있다가 이종창은 정신을 잃고 말았다. 곧바로 세브란스 응급실로 실려 갔다. 중상이었다. 뇌경막 상혈종, 두개골 골절, 뇌좌상 등이 그의 증상이었다.

이종창은 바로 수술에 들어갔다. 마취에서 깼을 때, 부모님들에 이어 낯선 얼굴의 중년 여인이 중환자실로 따라 들어오는 모습이 보였다. 그가 바로 이한열의 어머니 배은심 여사였다. 이한열의 어머니가 이종창에게 말했다.

"우리 아들이 지금 자네 옆에 누워 있네."

그 말을 듣고 다시 이종창은 정신을 잃었다.

그렇게 두 사람은 중환자실에 나란히 누워 5일을 보냈다. 그러나 이종창은 이한열의 얼굴을 제대로 보지 못했다. 그 역시 중상으로 두 차례 수술을 받으면서 머리를 고정한 바람에 이한열 쪽으로 머리를 돌릴 수 없었기 때문이다. 그렇게 두 사람은 비슷한 운명의 줄 위에 선 채 한 공간에서 며칠 동안 호흡했다.

이후에도 두 사람의 인연은 겹쳤다. 이종창이 퇴원하려던 날 이한열이 사망했고, 그 소식을 듣고 분노한 이종창은 상태 악화로 퇴원을 늦춰야 했다. 미뤄진 퇴원 날짜는 마침 이한열의 장례일이었다. 이종창은 이한열이 세상과 마지막 인사를 나눈 7월 9일에 병원 문을 나섰다. 퇴원하자마자 바로 장례식장으로 향해 이한열이 가는 마지막 길을 배웅했고, 그날 오후 바로 고향으로 내려갔다. 그의 고향은 전라남도 영광. 이한열이 태어난 화순, 그리고 그가 영면하게 되는 광주로부터 그리 멀지 않은 곳이었다. ◄

뜨거운 동행

6월항쟁 기간에 연세대의 운동부와 응원단이 시위에 적극적으로 나선 것도 주목할 만하다. '학생운동권'과 체육 특기자들이 다수 포함된 '운동부'는 단어에 똑같이 '운동'이란 표현이 들어갔어도 그리 가까운 관계는 아니었다. 그러던 것이 이한열이 쓰러진 것을 계기로 양쪽이 급격히 가까워졌다. 이후 운동부의 많은 학생이 시위에 참여했다. 시위 현장에서 연세대 간판 야구부원이던 한 투수가 돌을 던져 페퍼포그의 가스 튜브 발사 부위를 정확히 맞춘 덕에 그날 하루 페퍼포그가 제 역할을 못했다는 이야기는 전설처럼 내려온다.

이렇게 1987년 6월 학생운동권과 운동부가 함께 호흡하며 '한열이를 살려내라'고 외치는 데는 여러 사람이 가교 역할을 했다. 그 중에 체육교육학과 85학번 백성기가 있었다. 아이스하키 국가대표

출신 백성기는 학생운동과 거리가 멀었을 뿐 아니라 그해 5월 대동
제 때 운동부 예산 편성에 불만을 갖고 총학생회에 '쳐들어가' 큰소
리로 항의를 하기도 했던 운동부 대표였다. 그런 그가 이한열이 쓰
러지는 사건을 겪으며 180도 변해 그길로 학생운동에 뛰어들었다.

1987년 6월 당시 백성기는 수배 중이던 총학생회장 우상호의
경호를 맡았다. 100킬로그램이 넘는 건장한 몸에 합기도, 태권도
등 무술 유단자였음에도 경호 임무에 맞게 '방어'에 충실했다. 불필
요한 물리적 마찰은 가능한 한 피했다. 그러던 어느 날 그를 주목
한 한 전경이 동료들에게 "야, 저기 저 뚱땡이 새끼 잡아!" 하고 큰
소리로 외쳤다가 혼쭐나는 일이 있었다. 평소 충돌을 피하던 백성
기가 그 말만은 참을 수 없어 "다 덤벼!" 하면서 전경들과 대적했던
것이다. 결국 그날 백성기가 혼자 상대한 대여섯 명의 전경 중 한
사람은 동료들에게 들쳐 업힌 채 실려 나가야 했다.

연세대 응원단 '아카라카'도 집회 현장에서 큰 역할을 했다. 이
들을 교문 앞 집회에 이끈 것은 총학생회 기획부장 장운의 아이디
어였다.

이한열이 쓰러진 후 열린 집회에서는 교문 앞까지 나가 구호를
외친 학생 수가 엄청나게 늘었다. 동쪽으로 세브란스 병원부터 서쪽
으로 우체국 앞까지 학생들이 늘어섰다. 그러다 보니 가운데서 구
호를 외치거나 노래를 부르면, 대열의 구석에 있는 학생들이 소리를
듣는 데 시차가 생겼다. 구호를 선창하는 사람 가까운 곳에 있는 시

기말고사 응시율 0퍼센트
교수재량으로 성적평가

29일부터 방학

지난 22일부터 실시한 기말고사가 학생들의 조건부 무기한 연기 결의에 따라 24일 낮 12시 현재 응시율 0퍼센트를 나타내고 있다고 교무처는 밝혔다.

학생들은 지난 19일 「범연세 시험거부 결의대회」를 갖고 급변하는 현재의 정세와 상황속에서 시험실시는 불가능하다는 데 의견을 모으고 ▲최루탄의 즉각적 추방 ▲구속학우, 양심적 인사 석방을 내세우며 시험연기를 결의하였다.

교무처장민경배교수(신과대·교회사)는 시험연기에 대한 학교측의 입장에 대하여 『다음달(7월) 4일경까지 성적제출을 마무리지어야하는 학사일정에 따라 무기한 시험연기는 불가능하다』고 밝히며 오는27일(토)까지로 1학기 학사일정이 끝나게 됨을 말하였다.

한편 기말고사를 치르지 못한 가운데 1학기 성적평가는당당 교수의 재량에 의하여 중간고사 성적으로 대치, 기타 출석, 과제물제출 등으로 이루어지며 8월중 기말고사 일정은따로 마련하지 않는 것으로 알려졌다.

'기말고사 응시율 0퍼센트' 소식을 알린 〈연세춘추〉 1987년 6월 29일자 기사

118

위대와 먼 곳에 있는 시위대 사이에 소리의 전달 시간 차이가 생겨 구호를 한목소리로 맞출 수 없었다.

그때 장운 부장은 생각했다. 소리는 초속 340미터밖에 이동하지 못하니까 이런 현상이 생길 수밖에 없다. 그렇다면 '보이는 신호'는 어떨까. 빛의 속도는 소리의 속도보다 훨씬 빠르니 수신호 같은 것을 활용한다면? 그래서 아카라카 응원단장을 비롯한 단원들에게 응원복을 입고 굴다리 철도 위와 학교 담장 위에 올라가 네 박자에 맞춘 몸동작을 해 달라고 요청했다. 과연 시위대는 저 멀리 응원단의 몸동작을 보고 그것에 맞춰 일사분란하게 노래를 부르거나 구호를 외칠 수 있었다. 아마 정치적 시위에 응원단이 동원되어 몸동작으로 지휘를 한 것은 대한민국 역사상 이때가 처음이었을 것이다.

모든 학과에 걸쳐 폭넓은 공감대가 형성된 6월항쟁은 학생들 대부분으로 하여금 6월 19일 학기말 고사 거부를 결의하게 만들었다. 실제 시험 응시율은 0퍼센트였고, 이 사실은 〈연세춘추〉에도 보도되었다. 많은 교수가 학생들의 결의를 '무리한 요구'라고 거부하지 않고 그대로 수용했다. 음악대학의 경우 기말고사 거부 결의가 있기 전에 교수들이 먼저 나서서 기말고사 연기를 발표해 눈길을 끌기도 했다. 당시 음대 학생들은 이런 스승들의 결정에 고마움을 표시하며 "타도하고 공부하여 교수님은혜 보답하자"라는 구호를 외치기도 했다.

여기서 잠시 6월항쟁 때 외친 구호를 살펴보자. 1987년에 접어들면서 국민들이 가장 분노했던 것, 그것은 무력으로 집권한 전두환 정권이 대통령을 간선제로 뽑는 기존 헌법에 의거해 자신의 후계자를 차기 대통령으로 세우려는 시도였다. 그에 따라 시위에서도 가장 보편적으로 사용된 구호는 "군부독재 타도하고 민주정권 쟁취하자", "호헌철폐 독재타도" 등이었다.

그런데 다양한 학생들이 시위에 참여하고 독재 정권과 싸우는 데 넓은 공감대가 형성되면서 재치 있고 창의적인 구호가 교내에 등장하기 시작했다.

"군부독재 타도하고 2학기엔 공부하자"

"군부독재 타도하고 시험좀 제때보자"

이 문구들은 학교 성적을 잘 받는 건 포기하다시피하고 조직 활동에만 몰두한 운동권 학생들이라면 생각하지 못할 구호였다. 집회에 대거 참여한 예비역들은 후배들에게 "예비역이 단결했다 현역은 각성하라"고 외치기도 했다.

'종교적 함의를 지닌' 구호도 등장했다. 예나 지금이나 각 대학에는 종교 동아리가 있고, 연세대와 같은 기독교 재단 학교에는 목사를 지망하는 신학도도 적지 않다. 당시 종교를 가진 학생들은 "독사자식 몰아내고 민주천국 이룩하자", "군부독재 타도하고 민주사회 목사되자", "부처님도 열받았다 군부독재 타도하자" 등 신선한 구호로 눈길을 끌었다.

시위에 나와 구호를 외치는 방법 외에도 학생들이 6월항쟁에 참여한 방식은 다양했다. 의과대, 치과대, 간호대 학생들은 하얀 가운을 입고 그 위에 '한열이를 살려내라!' 판화를 붙인 채 행진했다. 간호학과 학생들은 시위가 열리면 '야전 본부'를 차려 놓고 부상자를 치료했다.

한편에서는 기도로 이한열의 회복을 기원했다. 6월 16일 대강당에서 열린 기도회에는 연세대 학생이 무려 2000명 넘게 모였다. 이 자리에서 윤병상 교목실장은 "한열이에게 '기적'이 일어나 함께 찬송과 기도를 드릴 수 있는 날이 빨리 오기를 바란다"고 기도했다.

학내 언론기관인 〈연세춘추〉, 〈연세지〉, YBS 등도 적극적인 취재와 보도에 나섰다. 커다란 카메라를 든 〈연세춘추〉 기자들은 방호 장비도 제대로 갖추지 못한 채 시위 현장을 열심히 누볐다. 당시 〈연세춘추〉의 거의 모든 지면은 이한열의 용태, 학생들의 시험거부, 연합 집회 상황 등에 대한 기사로 가득했다.

YBS는 학생회관 앞에 임시 방송 본부를 설치하고 매일 상황 보고 방송을 진행했다. 취재부 기자들은 시위 현장에 나와 상황을 녹음했다. 당시 YBS는 전국의 대학 방송국 중 가장 좋은 장비와 시설을 갖추고 있었다. 취재부는 2~3킬로미터 영역을 커버할 수 있는 무전기를 지니고 학내 곳곳을 다녔다. 무전기는 이전부터 소장하고

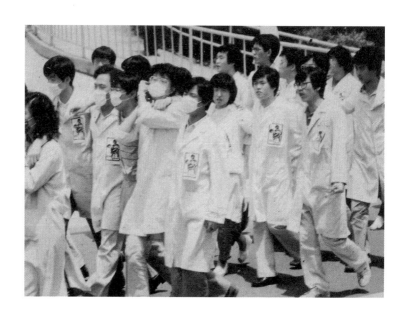

'한열이를 살려내라!' 판화를 부착하고 하얀 가운 차림으로 행진하는 의·치·간호대 학
생들

학생회관 앞에서 임시방송을 하고 있는 YBS. 우측 마이크 앞에 앉아 있는 여학생은 현재 KBS 아나운서로 일하고 있는 임수민이다.

있던 장비지만 딱히 쓸 용도를 못 찾다가 6월항쟁 때 제대로 활용했다고 한다. 그러나 안타깝게도 이렇게 YBS가 취재한 귀한 음원 자료들은 현재 대부분 소실된 상태다.[19]

선전과 홍보도 중요한 작업이었다. 이한열의 경과를 보고하고 토론과 집회를 독려하는 대자보가 연일 학교 곳곳에 붙었다. 각종 구호를 담은 플래카드도 제작되었다. 아침에 플래카드를 만들어 교문 앞에 붙이면 어느새 서대문경찰서에서 떼 가곤 했기 때문에, 학생들은 매일 새로운 플래카드를 만들어야 했다. 플래카드의 표어도 학생들이 직접 하나씩 손으로 썼다. 이렇게 학교 안에서 손글씨를 써서 플래카드를 만들면, 외부에서 제작해 학내로 반입하다 경찰에 빼앗기고 잡혀가는 일도 피할 뿐 아니라 제작비도 절감할 수 있었다. 그래서 학생회관 근처에서 '글씨 좀 쓴다'고 알려진 학생들은 모두 플래카드 작업에 나섰다.

유인물은 학생회관 안에 몇 개 되지 않는 타자기로 만들어졌다. 당시는 컴퓨터를 활용한 편집은커녕 워드 프로세서조차 보편화되지 않은 때였다. 기껏해야 2벌식 전동 타자기를 사용할 수 있었는데, 이마저도 구하지 못한 학생들은 자기 손으로 직접 유인물의 글씨를 썼다. 이렇게 타자로, 손으로 써낸 유인물은 스텐실로 구워진 후 기계로 찍혔다. 선배들이 한 장씩 손으로 등사기를 밀던 것에 비

<hr>

19   1996년 8월에 있었던 이른바 '한총련 사건'으로 종합관이 불탔을 때 YBS의 녹음 자료가 소실되었다. 당시 한국대학총학생회연합(한총련) 소속 학생들은 연세대에서 열린 '범청학련 통일대축전' 행사 후 학교를 빠져나가려다 전경들에게 진로를 봉쇄당하자 연세대 건물 곳곳에서 며칠 동안 점거 농성을 했다. 그리고 8월 20일 새벽에 대규모의 경찰 병력이 학생들을 강제 검거하는 과정에서 학생들이 농성 중이던 종합관에 화재가 발생, 시설 대부분이 소실되었다.

하면 괄목상대할 기술적 발전이었다.

한편 학생들은 광범위한 '최루탄 추방운동'을 벌였다. 여성단체 연합회를 비롯한 여러 단체에서 만든 최루탄 추방 스티커와 전단을 들고 구멍가게를 방문해 '최루탄 생산업체인 한국화약에서 만든 빙그레 아이스크림은 팔지 말아 달라'며 주인을 설득하기도 했다.

언론을 상대하는 것도 학생들의 일이었다. 당시 국내의 여러 언론이 학생들로부터 곱지 않은 시선을 받고 있었다. 〈동아일보〉, 〈중앙일보〉처럼 그해 초 벌어진 박종철 고문치사 사건을 보도해 세상에 진실을 알린 언론도 있었지만, 방송의 경우는 '어용성'이 짙었다. 당시는 그야말로 '땡전 뉴스'의 시대였다. 메인 뉴스 시간인 오후 9시를 알리는 '땡' 소리의 시보와 함께 "전두환 대통령께서는…"이라는 대통령의 '업적' 홍보부터 이루어졌기 때문이다. 일부 신문들도 학생들로부터 불신을 받았다. 학생들은 이들 신문의 보도용 차량을 발로 걷어차기도 하고, 해당 신문사 기자의 취재를 막기도 했다. 이런 불신 때문에 만화사랑 회원들은 스스로 '언론의 인터뷰 요청에 응하지 않는다'는 내규를 만들어 지키기도 했다.

많은 외신 기자 역시 6월항쟁에서 학생운동의 구심 역할을 한 연세대에 상주하다시피 했다. 이들의 취재 열기는 뜨거웠다. 문제는 언어 소통이었다. 지금이야 어려서부터 영어 회화 교육을 받거나 해

125

외에서 유학한 사람이 많아 영어를 구사하는 학생이 수두룩하지만, 당시는 전혀 그렇지 못했다. 해외여행 자유화가 이뤄지기 전이었기 때문에 해외에 나가 본 학생조차 거의 없었다.[15] 중고등학교 영어 교육도 철저히 '책만 보고 배우는' 읽기와 쓰기, 문법 위주의 교육이었기 때문에 자유롭게 영어를 듣고 말할 수 있는 학생은 많지 않았다. 연세대를 드나든 외신 기자 중에도 통역을 동반하고 취재에 나선 이들이 더러 있었지만 안 그런 경우가 더 많았다. 방송의 경우 가능하면 영어를 구사할 줄 아는 학생을 인터뷰 대상으로 섭외하려고 했다.

그러다 보니 일부 '영어가 되는' 극소수 학생에게 인터뷰가 집중되었다. 그중 한 명이 당시 사학과 3학년이던 문영미였다. 문영미는 한국에서 나고 자라다가 중학교 때부터 미국에서 교육을 받았다. 어린 시절에 아버지 문동환 목사가 정권으로부터 탄압을 받으면서 가족 모두가 미국인 어머니 페이 문(한국명 문혜림) 여사의 고향으로 망명했기 때문이다. 문영미는 원어민에 가까운 영어 실력을 가져 외신 기자와 자주 인터뷰를 하곤 했다.

이처럼 국내 언론사들은 삼엄한 당국의 검열 탓에 정론 직필을 못했고, 이러한 언론 일반에 대한 학생과 시민들의 불신은 상당했다. 그럼에도 일부 기자들은 현장에서 나름대로 분루를 흘리며 분투했다. 연세대와 세브란스 병원에 출입하는 젊은 기자들은 병동을 지키는 학생들과 진배없이 거의 매일 병원에서 숙식하며 취재를

---

15   정부는 해외여행의 전면적 자유화를 1989년 1월 1일부터 시행했다.

했다. 그들 역시 대학을 졸업하고 사회에 나간 지 얼마 안 된 선배들이었기 때문에 학생들과 함께 고통을 나눴다. 그중 〈동아일보〉의 윤상삼 기자(작고)는 이한열의 사망 때부터 장례식까지 일지를 꼼꼼히 적어 〈신동아〉 1987년 8월호에 게재하기도 했다.[16]

16   이 기사의 전문은 『이한열, 유월하늘의 함성이여』에 다시 실려 귀중한 자료로 남았다.

나의 중학교 동창 한열이

"어, 어? 이거 한열이 아니야? 연대 간 한열이!"

　중앙대학교 안성캠퍼스 총학생회장 대행 박철민은 대학생 한 명이 시위 도중 최루탄에 맞아 목숨이 위중하다는 기사를 보고 깜짝 놀랐다. 학생의 이름이 낯익었다. 이한열이라고? 혹시 중학교 2학년 때 같은 반이었던 그 한열이? 학교도 연세대학교라고 한다. 맞다, 공부 잘했던 한열이는 재수를 해서 연대에 들어갔지. 기사를 자세히 읽어 보았다. 이한열이라는 학생은 광주 출신이라고 한다. 아, 맞구나. 내 친구 한열이가! 박철민은 큰 충격에 휩싸였다.

　1980년 3월 광주 동성중학교 2학년 8반 교실에서 박철민은 이한열을 처음 만났다. 당시에는 교사가 학생들을 성적순에 따라 자리를 배치를 하는 경우가 많았는데, 2등으로 진급한 이한열이 2분

광주 동성중학교 2학년 8반 급우였던 박철민(왼쪽)과 이한열. 동성중학교 졸업앨범 사진
이다.

단 분단장을, 3등이었던 박철민이 바로 옆 3분단 분단장을 맡아 둘은 한 자리 건너에서 나란히 앉아 공부했다. 그런데 그 내성적이고 말 없던 한열이가, 공부만 하는 모범생이었던 한열이가 데모를 하다가 최루탄에 맞았다고? 박철민은 처음에 믿기지 않았다.

박철민은 스스로 생각할 때도 '부잡스러운 장난꾸러기'였다. 수업이 파하면 이한열은 곧바로 도서관으로 향했고, 박철민은 공 차러 운동장으로 향했다. 1980년 5.18민주화운동도 두 사람은 각자의 성향대로 '판이하게' 경험했다. 호기심 많은 개구쟁이였던 박철민은 겁도 없이 시민군 트럭을 얻어 타고 시내를 돌아다닌 반면, 이한열은 절대 외출하지 말고 집에서 조심하고 있으라는 부모의 충고를 따라 집 밖에 나가지 않았다. 이렇게 달라도 너무 다른 두 사람이었기에 중학교 때 나란히 2, 3등 성적에 좌석까지 가까웠어도 그다지 친하게 어울리지는 못했다.

박철민이 기억하는 한열이는 똑똑하기도 했지만 노력파였다. 과외 한번 안 받고 혼자 공부해서 좋은 성적을 유지했다. 예습 복습도 철저히 했다. 심지어 애들 모두 돌려보던 '빨간 책'(당시 남학생들 사이에서 유통되던 불법 포르노 책자)도 한열은 거들떠보지 않았다. 책과 시는 또 얼마나 좋아했는지. 음악 시간에 '산넘어 남촌에는'이라는 노래를 배울 때 김동환이 쓴 원작 시를 아느냐는 선생님의 질문에 안다고 대답했던 사람은 한열이뿐이었다.

그런데도 한열이는 '제 성적만 챙기는' 얄미운 아이는 아니었다.

5부

친구들이 벼락치기로 시험공부를 하다가 모르는 게 있으면 귀찮아하지도 않고 항상 친절하게 가르쳐 줬다. 급우들은 이런 한열을 보고 '뭐 이런 놈이 다 있나, 애어른인가?' 하며 감탄하기도 했다.

그렇게 착한 한열이를 같은 반 친구 호진이가 무슨 일로 때린 적이 있었다. 아마 호진이가 한열이한테 뭔가 해 달라고 했는데 안 한다고 버텨서 때렸던 것 같다. 그래, 맞다. 한열이 개가 고집은 셌다. 한번 아닌 건 아니라고 했다. 자기 관리도 철저했다.

그렇다. 어쩌면 그렇게 고집 세고 분명한 아이였으니 그렇게 열심히 시위에 나갔던 게 아닐까? 그 순하던 애가 오죽하면 시위에 나섰다가 그런 일을 겪었을까…. 박철민의 가슴이 뜨거워졌다. 안 그래도 박철민도 사회대 학생회장으로 일하다 갑자기 공석이 된 총학생회장 자리를 대신 맡아 각종 집회를 이끌고 있던 터였다. 친구의 소식은 그런 그를 더욱 뜨겁게 담금질했다. 그는 '중학교 친구 한열이' 때문에 6월항쟁 속으로, 더 큰 보폭으로 성큼성큼 나아갔다.

그들이 강요당한 분노

학생들은 전투경찰들과 대치해 여름 내내 싸웠다. 그러나 학생들과 맞서 싸워야 했던 전투경찰들 역시 시대의 희생양이었다. 대학생들과 같은 또래로 같은 고민을 하고 살았을 젊은이들이 국방의 의무를 다하느라 군대에 갔다가 타의에 의해 전투경찰로 차출되어 거리에 섰던 게 아닌가. 이한열의 경영학과 동기로 친구 한열을 지키기 위해 세브란스 병동 경비에 나섰던 이재혁은 이런 '전경들과의 기억'을 한 자락 갖고 있다.

"우리 학생들은 세브란스 담벼락 안쪽에 서 있고, 전투경찰들은 담벼락 밖에 서서 대기하고 있었어요. 몇 시간씩 그렇게 무료하게 서 있다 보니 서로 자연스레 말을 섞게 되었죠. 어떤 얘길 했는지 자세히 기억나지는 않지만, 이런 저런 일상 이야기를 나눴던 것 같아요. 그들이나 우리나 비슷한 나이의 젊은이들이었잖아요. 우리가 서로에게 개인적으로 무슨 적대감을 가졌겠습니까."

전투경찰 역시 괴로웠을 것이다. 타는 듯한 여름 더위에 무거운 전투복과 보호 장구를 갖춘 채 몇 시간이고 땡볕 아래 서 있어야 했으니…. 게다가 전투경찰들은 학생들의 '뜨거운 증오심'까지 온몸으로 막아 내야 했다. 그리고 6월항쟁의 불길이 한창 타오를 때는 시민들의 분노까지 받아 내야 했다.

1987년 6월 연세대학교 앞에서 시위를 진압했던 전투경찰 출신 최 모 씨도 그랬다. 원래 최 씨는 1986년 전투경찰로 배치되어 경상북도에서 복무하고 있었다. 그러다가 1987년 들어 학생 시위가 거세지자 서울로 차출되었다. 1987년 일병 신분이었을 때 연세대의 시위 진압을 담당한 서대문경찰서 45소대로 배치되었다. 서대문서에서 연세대를 전담한 것이 44, 45소대였다.

서대문서에서도 긴급히 차출된 타 지역 전경들을 수용할 만한 공간이 따로 없어 전경들을 경찰서 강당에서 150명씩 재웠다. 그러나 전경들에게 불편한 잠자리보다 더 괴로웠던 것은 시위 진압 과정에서 느낀 공포와 갈등이었다.

"그때는 군인보다 전경이 더 위험한 보직이었어요. 학생 시위 현장에 나가면 돌과 화염병이 우리를 향해 날아왔고요. 실제로 학생들이 던진 화염병에 맞아 불길에 휩싸여 죽은 전경도 있었어요. 무서웠죠. 학생들을 막으려 해서 막은 게 아니라, 막지 않으면 죽을 수도 있을 것 같아서, 살기 위해 막았어요. 전쟁이었죠. 슬픈 현실이었습니다."

그의 동료 중 한 사람은 연세대 출신이었다. 함께 공부했던 선후배들과 맞서서 시위를 진압하는 것을 몹시 괴로워했다. 그는 다른 곳으로 옮겨갈 수 있었지만, 항간에는 위에서 일부러 전투경찰을 각자의 출신 대학 앞으로 보낸다는 소문도 있었다.

학생들의 돌과 화염병만큼 상관도 무서웠다. 조금이라도 시위 진압에서 주춤거렸다가는 그날 밤 고참들의 몽둥이찜질이 기다리고 있었다. 그때는 경찰이고 군대고 구타가 심했다. 툭하면 가슴에 멍이 생겼지만 별 소용이 없었다. 멍이 들면 보상금을 못 받았다. 시위 진압 과정에서 피를 흘려야 보상금 3만 원을 받을 수 있었다. 전경 월급이 7000원 하던 시대의 이야기다.

서대문경찰서 옥상에서 전경 졸병들이 머리를 바닥에 처박고 기합을 받고 있으면 바로 옆 치안본부 건물에서 이 광경을 내려다보고 전화를 걸어 오곤 했다.

"거 애들 좀 고만 잡지."

그러나 전화가 왔어도 그것으로 잠깐, 매타작과 기합은 매일 이어졌다. 이러다 보니 웬만한 전경들은 죽기 살기로 진압에 매달릴 수밖에 없었다. 그리고 시국에 어떤 비판 의식을 갖고 있는가와 무관하게 자신들과 맞선 학생들에게 무조건적인 분노를 느낄 수밖에 없었다고 최 씨는 말한다.

"젊은 나이였어요. 혈기를 가누지 못했죠. 실제로 화도 나고 그랬어요."

결국 누군지 모를 전경이 이한열을 향해, 혹은 다른 학생들을 향해 최루탄을 직격으로 겨눈 것은 이런 혈기로 인한 분노가 아니었을까 짐작한다는 게 그의 말이다.

연세대는 1987년 서울 시내에서 시위가 가장 격렬했던 학교였다. 교문을 향해 길게 뚫린 백양로를 가진 연세대가 학생들로서는 시위하기에 가장 좋은 캠퍼스, 전경들로서도 시위를 막기에 가장 쉬운 캠퍼스였다.

이한열이 쓰러지던 날, 최 씨는 '그물조'에 배치되었다. 그물조는 학생들이 던지는 돌을 장대에 매단 그물로 막아 내는 역할을 했다. 주로 졸병들이 맡았다. 전경들이 그물을 들고 나오는 것을 본 학생들은 갈고리를 들고 나와 그물을 찢어 내리며 맞서기도 했다. 이 그물 뒷줄에서 고참들은 최루탄을 쏘았다.

"44소대와 45소대에서 각각 15명씩, 한꺼번에 30발의 최루탄을 쐈어요. 그날도 이렇게 30발을 한꺼번에 쐈는데, 어떤 학생이 쓰러져 동료에게 질질 끌려가는 게 보였어요. 그리고 그다음 날 학생들이 시위 중 누가 죽어 간다고 구호를 외치는 게 들렸고요."

그는 괴로웠다. 안타까웠다. '아, 내가 봤던 그 쓰러진 학생이 크게 다쳤구나, 목숨이 위태롭구나.' 몸은 전투경찰 신분에 매어 있었지만, 그 역시 같은 시대의 젊은이 아니었겠는가. 양쪽 젊은이들을 맞붙어 싸우게끔 만든 것은 결국 불의한 정권이었던 것을 그인들 몰랐겠는가.

최 씨를 더욱 분노케 한 것은 최루탄을 쏜 전경에 대한 이후의 조사 과정이었다. 학생들로부터 고발을 당해 검찰에 불려간 최루탄 발사조는 그에게 이런 이야기를 전했다.

"검찰에 갔더니 심한 조사를 하기는커녕 커피나 한 잔씩 하고 가라며 금세 돌려보내더라고."

결국 '직격 최루탄을 쏜 사람을 적시할 수 없다'는 이유로 고발은 기각되고 말았다. 경찰과 검찰과 정부가 한통속처럼 움직이고 있었다. 최 씨는 '정말 학생들이 저렇게 치열하게 병원을 지키고 있지 않았다면 병원에 쳐들어가서 쓰러진 학생을 빼 왔겠구나' 하는 생각이 들었다.

최 씨는 '돈'으로 공권력을 좌지우지하는 비리의 현장도 목격했다. 당시 대통령 전두환은 말단 전투경찰들에게도 하사금을 척척 내리곤 했다. '월급을 웃도는 거액의 하사금이 도대체 어디서 난 것일까? 우리 같은 말단 전투경찰에게도 하사금을 내리려고 기업에서 어마어마하게 많은 돈을 갹출했겠지?' 거기까지 생각이 미치자 '결국 이 정권은 그런 돈으로 유지되는 거구나' 하는 생각에 분노가 일었다.

그는 그 분노, 그 안타까움, 그 슬픔 모두를 기록으로 남기고 싶었다. 그래서 고참들의 눈을 피해 가면서 메모지에 틈나는 대로

단상을 적곤 했다. 그러다 들켜서 죽어라 얻어맞기도 했다. 그 후로
는 쓰고 싶은 글을 머릿속에 담아 두었다가 휴가를 나올 때마다 기
억을 더듬어 일기를 썼다. 이후 그 자신이 고참이 되어 내무반에서
글을 쓸 만한 형편이 되자 1987년의 기억을 되살려 더 자세한 기록
을 남길 수 있었다. 그리고 그로부터 30년이 지났을 때 이 귀한 기
록은 이한열기념사업회를 통해 세상에 공개되었다.

계엄령이 선포된다면

이한열이 쓰러진 후 전국은 시위의 물결로 뒤덮였다. 6월 10일 40만 명이 거리로 쏟아져 나온 국민대회를 시작으로 6월 26일 열린 '민주헌법쟁취를 위한 국민평화대행진'에는 전국 50여 곳에서 150만 명이 참여했다. 택시 기사들은 경적을 울리며 시위에 동참했고, 농민들은 경운기를 끌고 행진했다.

금융계 회사가 밀집된 서울 명동에서는 학생들이 시위를 벌일 때 회사원들이 빌딩 창문으로 1000원짜리 지폐 다발과 두루마리 화장지를 던지기도 했다.

"김밥 사 먹으면서 싸워라!"

"휴지로 눈물 콧물 닦으면서 싸워라!"

그들 역시 점심시간을 이용해 거리로 쏟아져 나와 학생들과 함께 구호를 외치는 '넥타이부대'가 되었다. 시민들도 모두 한편이 되었다.

연세대 법학과 86학번 이광섭은 당시 거리 시위에 나갔다가 전경에게 밀려 동료 세 명과 함께 남산터널까지 쫓겼다. 네 사람이 터널 밖으로 도망갈 수가 없어 난처해하고 있던 찰나에 다행히 어떤 시민이 자가용을 타고 나타나 그들을 태워줬다고 한다. 그 시민은 네 사람을 전경들로부터 멀찌감치 떨어진 곳에 내려주면서 수고한다고 5만 원을 건네주었고, 그들은 그 돈으로 밥을 배불리 먹고 다시 시위를 하러 갔다고 한다. 이렇게 시민들이 나서서 학생들을 도왔다.

명동성당에서는 6월 10일부터 15일까지 농성 투쟁이 벌어졌다. 10일 국민운동본부의 집회에 나섰던 시민과 학생들이 전경들에게 몰려 명동성당으로 피신했던 것이 예정에 없던 농성으로 이어져 6월항쟁의 상징적 투쟁으로 발전했던 것이다. 신부들과 수녀들이 농성자들을 보호하기 위해 전경들 앞으로 나섰고, 점심시간마다 인근 직장인들이 성당 앞에 몰려와 응원의 구호를 외쳤다. 성당 옆 계성여고 학생들도 농성자들을 위해 점심 도시락을 모아 쪽지와 함께 전달했고, 남대문 시장 상인들도 생필품을 걷어 농성자들에게 전했다. 그야말로 각계각층의 시민이 연대한 감동적인 투쟁 현장이었다.

시위는 비폭력을 지향하는 평화의 외침과 함께 진행되었다. 민가협 어머니들은 전투경찰의 방패에 카네이션을 달았다. 자칫 무력이 동원될 수 있는 위험한 상황에서도 학생들 스스로 "비폭력! 비폭력!"을 외치며 지나친 행동을 자제했다. 학생들은 최소한의 방어마저 하지 않고 아예 전경들이 도열한 교문 앞에 드러누워 버리기도 했다. 연행을 불사한 시위 형태였다. 이 같은 '연와連臥' 시위가 가능했던 것은 그만큼 많은 학생이 모였고, 그만큼 신념이 확고했으며, 그만큼 국민들의 응원이 컸기 때문이다.

그러나 이 같은 국민들의 평화적 시위가 무색하게 '계엄령이 떨어질 것'이라는 소문이 시민단체들과 학생들 사이에 오가기 시작했다. 1980년 광주의 상황과 비교해 보았을 때 당장 계엄령이 내려진다 해도 이상하지 않을 상황이었다.

당시 군에 복무하던 사람 중에도 계엄령에 대비한 훈련을 받으며 불안해한 사람이 많았다. 그중 한 사람이 연세대 경제학과에 다니다 강제 징집되다시피 해서 입대한 김종대(현 정의당 의원)였다. 6월항쟁 당시 강화도 인근 검단 해안대대에서 복무 중이던 그는 "혹시라도 계엄령이 선포되어 친구, 선후배에게 총칼을 겨누게 되는 게 아닌가 매일 걱정했다"고 한다.[17]

홍익대학교 미대를 다니다 입대했던 이경복도 '계엄 일보 직전'을 기억한다. 그는 부산 지역에서 '충정부대'[18] 대원으로 복무했는데, 여기서 전투원이 아닌 일반인의 시위를 진압하는 기술을 훈련받았다. 전투경찰들이 쓰는 것과 유사한 안면 보호구를 착용하고 시위 주동자를 검거하기 위해 진영을 짜는 훈련이었다. 이들이 실제

---

17   『6월항쟁 서른 즈음에』(6월민주항쟁30주년사업추진위원회, 은빛기
      획, 2017) 192쪽 참고

시위 진압에 나선다는 것은 곧 계엄령이 선포된다는 뜻이었다.

"그런데 1987년 6월 어느 날인가, 계엄대로부터 지시가 내려왔어요. 익일 0시를 기해 계엄령이 떨어질 수도 있으니 대기하라는 내용이었죠. 아, 올 것이 왔는가 싶었습니다. 모두가 긴장해서 0시가 다가오는 걸 기다렸죠. 다행히도 그날 0시가 되기 15분 전에 대기가 해제됐어요. 그야말로 일촉즉발의 하루였습니다."

이경복은 당시 공권력에 대한 국민들의 분노가 심했기 때문에 공무를 수행하기 위해 차량을 타고 부대 밖에 나갈 때도 군복이 아닌 사복을 입고 나가야 했다고 말한다. 군복 차림으로 도심을 돌아다니다가는 공포 분위기를 조장한다며 국민들의 반감을 살 수도 있었기 때문이다.

특히 6월 28일에는 팽팽한 긴장감이 감돌았다. 곧 무슨 일이 일어날 것 같다는 이야기가 여기저기서 들렸다. 한 달 동안 후배 한열의 병상을 지킨 김선영은 그날을 1987년 6월 한 달 중 가장 생생하게 기억한다. 그날은 계엄령이 내려질 것이란 소문이 유독 강하게 퍼졌다. 김선영은 벌써 22일째 집에서 가족들이 갖다 준 속옷을 갈아입으며 거의 매일 세브란스 병원에서 밤을 보내 왔지만, 그날만큼은 오늘 집에 들어갈 것인가 말 것인가를 심각하게 고민했다고 한다.

"1980년 5월 광주가 떠올랐어요. 5월 18일 0시를 기해 전국에 계엄령이 떨어졌을 때 전남대 학생들이 어떻게 했을까, 그때처럼 군

충정부대란 대정부 소요 사태를 진압하기 위한 충정훈련(忠情訓練)을 실시하는 부대를 가리킨다. 수방사 예하 사단, 특전사 일부 여단 등이 고강도 훈련을 받아 실제 시민들의 시위진압에 나섰다. 1980년 광주민주화운동에 투입된 공수부대 역시 충정훈련을 받은 이들이었다.

인들이 우리 학교를 봉쇄한다면… 만일 그렇게 된다면 1980년에 전남도청에 남아 최후까지 싸운 이들처럼 그렇게 싸우다 죽는 수밖에 없지 않을까, 싶었죠."

싸우다 죽을 것인가, 아니면 오늘 학교 밖으로 빠져나갈 것인가. 그는 고민했다. 한참 고민했다. 그러다 결심했다. 세브란스 병실에 남아 있자. 그래서 다음에 무엇이 다가오든 그냥 그걸 온몸으로 맞자. 피하려면 피할 수도 있었던 자리를 그는 지키기로 했다. 적극적으로 나아가 싸우지는 못해도 이렇게 소극적으로 한열이를 지키는 것만이라도 하자고 생각했다. 게다가 곁에는 든든한 만화사랑 친구 민우와 후배 태경이도 있지 않은가. 그렇게 김선영의 생애에서 가장 두렵고 초조했던 하룻밤이 지나갔다.

그러나 이 싸움의 승패가 이미 한쪽으로 기울고 있었다는 사실을 경찰 측은 알고 있었던 것 같다. 6월 26일인가 27일인가, 장운은 평소 알고 지내던 서대문경찰서의 정보과 직원으로부터 한 통의 전화를 받았다.

"야, 너네가 이긴 것 같다."

그 직원은 앞뒤 좌우 생략하고 이 한마디를 던졌을 뿐이지만, 장운은 그 말에서 곧 무슨 일이 일어날 것임을 직감했다.

그로부터 며칠이 지난 6월 29일, 노태우 당시 민정당 대통령 후보가 이른바 '6.29민주화선언'을 발표했다. 대통령 직선제 연내 개헌, 언론 자유 보장, 김대중을 비롯한 민주 인사 석방 등 8개 항을 담은 특별 선언이었다.

"우리가 이겼다!"

전국은 기쁨으로 들썩였다. 그날 민주화 조치를 환영하는 이벤트가 전국에서 벌어졌다. 찻값을 안 받는 커피숍, 밥값을 안 받는 식당이 속출했다. 곤두박질치던 증권 시장의 종합주가지수도 16.68포인트가 올라 404.10을 기록했다.

그러나 학생들은 마냥 기뻐할 수 없었다. 직선제 쟁취가 곧 민주주의의 달성은 아니었기 때문이다. 학생들은 노태우 후보의 즉각 사퇴와 집시법(집회 및 시위에 관한 법률)을 포함한 악법 철폐를 요구했다. 공정한 선거를 치르기 위한 '과도 민주 내각' 구성도 요구했다. 그리고 무엇보다⋯ 아직도 이한열은 깨어나지 않고 있었다. 이한열이 일어나야 했다. 이한열이 일어날 때까지 그를 지켜야 했다. 그리고 이한열을 쓰러뜨린 이들을 처벌해야 했다.

그러나 6.29선언 이후 연세대학교의 분위기는 금세 해이해졌다. 한창 분노가 들끓어 올랐을 때 하루 2500명에 이르기도 했던 경비 학생 수가 6월 29일 이후 100명 이하로 떨어졌다. 지금 경찰 병력이 투입된다면 언제라도 이한열이 저들의 손에 넘어갈 수 있었다. 절체절명의 시간이 시작되었다.

2부 /

한열이 손에 힘이 없어요

그날, 이상하게도 아들의 손에 힘이 없었다.

7월 4일, 배은심 여사가 혼수상태로 누워 있는 아들의 손을 잡아 보고 받은 느낌은 여느 때와 달랐다. 이미 26일째 의식이 없는 한열이, 어제나 오늘이나 크게 다를 바 없는 상태였으리라. 그런데도 그냥 뭔가 다르다는 느낌이 본능처럼 다가왔다. 간호사를 붙들고 물었다.

"우리 이한열이 손이 왜 이래요? 왜 이렇게 힘이 없고 이러나?"

간호사는 그냥 주사기가 잘못 꽂혀서 그런 거라고 대답했다. 그런데 어머니의 예감은 그렇지 않았다. 뭔가 문제가 생긴 것 같았다. 간호사의 말에도 안심이 되지 않았다.

안 그래도 어머니는 며칠 전부터 마음이 몹시 불편했다. 7월 1

일 밤에 꾼 꿈 때문이었다. 그날 밤 꿈에서 어머니는 한열이 아버지가 한 손에 막걸리와 꽃을 들고 다른 한 손에 옷을 입지 않은 한열이를 감싼 채 어디론가 데리고 가는 모습을 보았다. '우리 한이를 데리고 어디로 가시냐' 물어도 남편은 대답을 안 했다. 깨어보니 아침 6시였다. 그날도 어머니는 마음속으로 '우리 한이가 가려는 것인가' 싶은 생각이 들어 불안하기 짝이 없었다. 그런데… 오늘 잡아 본 아들의 손이 왜 이리 힘이 없는 것일까. 불길한 느낌을 지울 수 없었다.

아니나 다를까 밤 10시에 의료진은 아들을 중환자실에서 격리실로 옮겼다. 아들이 격리실로 옮겨진 후 두 시간이 지났을까, 혈압이 갑자기 떨어지면서 상태가 급격히 나빠졌다는 소식이 들려왔다.

상황은 빠르게 악화되었다. 새벽 1시, 이한열은 심정지의 빈사상태에 이르렀다. 병원 측은 그에게 급히 혈압 상승제를 투여하고 응급조치를 취했다. 그러나 역부족이었다. 이한열의 심장은 멈췄다. 7월 5일 새벽 2시 5분이었다.

주치의 정상섭 박사는 사망을 선언했다. 직접 사인은 심폐기능정지, 중간 선행사인은 폐렴, 최초 선행사인은 뇌 손상이었다. 정 박사는 "이한열의 뇌 손상은 첫째 두개강 내출혈, 둘째 뇌좌상, 셋째 두개강 내 이물질 함유"라고 밝혔다.

복도에서 대기하고 있던 가족들에게 사망 소식이 전해졌다. 통곡이 터졌고, 어머니는 아들의 사망 소식에 그 자리에서 쓰러졌다.

아버지는 이한열이 누워 있는 방으로 들어갔다. 의사가 시계를 2시 5분으로 맞추는 모습이 보였다. 이한열의 눈은 반쯤 뜨여 있었다.

어머니는 혼절하고 아버지는 아무 말도 잇지 못한 채 서 있는 상황에서, 의사가 이한열을 흰색 보로 덮었다. 그리고 바로 영안실로 옮기기 시작했다. 시신을 실은 이동침대를 끌고 지하로 향했다. 중환자실을 지키고 있던 학생들도 침대에 따라붙어 함께 움직였다.

한편 한 달 가까이 세브란스 병동을 지켰던 학생 중 다수는 그 무렵 학교 밖에 있었다. 7월 4일 밤은 우연이라고 하기에는 믿기지 않을 만큼 특히 상황이 안 좋았다. 이한열이 쓰러진 후 거의 하루도 집에 가지 않고 학생회관 안에 마련된 대책위원회 본부에서 숙식을 해결하던 총학생회 간부들도 그날따라 저녁 회식을 위해 학교 앞 식당으로 나가 있었다. 그동안 수고한 데 대해 서로 격려하고 위로하는 자리였다. 하필이면 그날이었다.

식사 자리에서 먼저 일어나 학교로 향한 사람은 기획부장 장운과 종교부장 장숙희였다. 자정 무렵이었다. 학교에 들어선 두 사람은 학생회관 건물을 보고 이상한 낌새를 챘다. 총학생회실이 있는 3층이야 한밤중에도 전등이 켜져 있는 게 일상이지만, 이상하게도 그 시각이면 전등이 꺼져 있어야 할 2층 학생처에 전등불이 환하게 켜져 있었던 것이다. 뭔가 심각한 일이 벌어졌다는 생각에 장운의 가슴이 쿵쾅거리며 뛰었다. 그들은 서둘러 2층으로 향했다.

149

불길한 느낌은 적중했다. 학생처로 뛰어들어 가자 평소 친분이 있던 학생처 선생이 당황한 얼굴로 말했다.

"운아, 큰일이다! 한열이 상태가 위급하다!"

그때는 중환자실에 있던 이한열이 상태 악화로 격리실에 옮겨진 상황이었다. 그때부터 장운의 머리가 바쁘게 돌아갔다. '올 것이 온 건가!' 다행히 이한열이 고비를 넘기고 다시 중환자실로 돌아갈 수도 있었지만, 혹시나 일어날 수 있는 '만일의 사태'를 대비해야 했다.

당시 세브란스를 지키는 학생은 50명도 채 안 되었던 것으로 파악되었다. 이한열이 이대로 사망하면 경찰들이 곧 들이닥쳐 시신을 압수해 갈 수 있었다. 그를 지킬 학생들을 모으는 일이 급선무였다.

우선 아직 회식 자리에 있는 학생회 간부들에게 연락을 취해야 했다. 물론 그때 휴대전화 같은 건 없었다. 사람이 직접 가거나 유선전화로 연락할 수밖에 없었다. 장운은 운동권 학생들이 자주 가는 보은집, 훼드라, 만미원 등 학교 앞 주점에 차례차례 전화를 걸었다. 주인이 전화를 받으면 술을 먹고 있는 학생을 바꿔 달라고 해서 그에게 이한열이 위급하다는 소식을 알리며 얼른 세브란스 병원으로 뛰어오라고 일렀다. 학생회 간부들이 남아 있던 식당에도 연락해 소식을 전했다. 총학생회장 우상호를 비롯한 학생회 간부들이 서둘러 세브란스 병원으로 향했다.

그동안 이한열의 병실 앞을 지켰던 권영대, 유환성, 조원배, 김성용 등 교육과학대 학생들도 그 시간만큼은 병실 앞을 떠나 오랜 만에 학교 앞 술집에 있었다. 때마침 누군가 "한열이가 위독하다! 빨리 세브란스로 소주병을 최대한 많이 모아 갖고 들어가라!" 하면서 돌아다녔다. 소주병을 모아 오라는 것은 화염병을 만들기 위한 것이었다. 그들은 마시던 소주병을 빨리 비우고 눈에 보이는 대로 빈 소주병을 들고 세브란스로 갔다.

한편 장운은 학생회관의 서클룸에서 자고 있던 학생들을 깨웠다. 일부 학생들은 세브란스 병원으로 가도록 하고, 다른 일부 학생들은 학생회관에 있는 모든 전화기를 동원해 알고 있는 모든 친구와 선후배에게 연락해서 학교에 급히 오도록 했다.

연세대 학생만으로는 힘이 모자랄 수도 있는 일이었다. 장운은 학생처에 있는 유실물 보관함도 뒤집어엎었다. 그리고 그 안에 들어 있던 수첩이란 수첩은 모두 추려 냈다. 그 보관함은 학내의 각종 집회에 참여했던 학생들이 시위 중 잃어버린 물건을 모아 둔 상자였다. 귤 상자 하나 분량은 되었다. 여기에는 연대생이나 타교생이 흘린 수첩들이 더러 있었다. 장운은 이 수첩 안에 적힌 모든 연락처에 무작정 전화를 걸어야겠다고 생각했다.

또한 장운은 학내의 남학생 기숙사, 법대 기숙사, 운동부 기숙사 등에 전화해 사감 혹은 운동부장에게 호소했다.

"한열이가 위급합니다. 오늘만큼은 사칙을 깨고 기숙사에서 자고 있는 학생들을 깨워 병원으로 보내주십쇼!"

중대한 시기에 학교 밖에 있던 총학생회 간부들처럼 만화사랑

회장이었던 김태경 역시 하필이면 7월 4일 밤에 옷을 갈아입기 위해 자취방에 가 있었다. 새벽에 이한열이 위급하다는 소식을 들은 그는 서둘러 학교로 향했다. 김태경은 만화사랑 안에서도 이한열과 절친한 동기 중 한 명이었다. 하지만 이한열이 쓰러진 6월 9일에 하필 다음 날 있을 회의 준비 때문에 시위에 끼지 못했다. 서클룸에서 회의 준비를 한창 하던 와중에 이한열의 피격 소식을 듣고 세브란스 응급실로 달려갔다. 그런데 이번에도 매일 밤 경비를 서다가 세브란스 병동을 잠시 비운 그날 이한열의 위급 소식을 접했던 것이다.

학교로 달려가 보니 이미 학교 정문은 물론 병원 입구도 봉쇄되어 있었다. 김태경은 동료 몇 사람과 함께 서문 쪽으로 에둘러 갔다. 다행히 선교사 숙소 등이 있던 서문은 출입이 가능했다. 그들은 학생회관으로 뛰어가 10여 명의 '타격조'와 함께 무장을 하고 세브란스로 향했다. 역시 병원으로 진입하는 모든 입구가 봉쇄되거나 잠겨 있었다. 하는 수 없었다. 쇠파이프로 병원 유리를 깨는 수밖에. 병원과 환자들에게는 죄송스러웠지만 일각이 급한 때였다. '쨍그랑' 하는 날카로운 소리와 함께 강화 유리로 만들어진 병원 창문이 깨졌다. 학생들은 깨진 유리 사이로 몸을 집어넣고 이한열이 누워 있는 곳으로 달려갔다.

서둘러 병원으로 뛰어간 학생들은 가운을 입은 인턴들과 레지던트들이 병실 앞에서 팔짱을 끼고 입구를 막고 있는 모습을 발견했다. 병실을 지키는 학생들의 수가 부족하다 싶어 당직을 서고 있던 인턴들과 레지던트들이 직접 경비에 나섰던 것이다. 27일 동안 제자의 병상 앞을 지키며 매일 밤 병원의 나무 침대에서 잠을 잤던 이완수 교수도 인턴, 레지던트 등 학생들과 함께 제자를 지켰다.

얼마 후 하얀 가운을 입은 이들이 이한열의 침상을 둘러싸고 나왔다. 시체보관실로 간다고 했다. 경찰이 시신을 탈취하려고 한다면 바로 지금일 수 있었다. 학생들이 서너 명 더 달려왔다. 어디서 가져왔는지 각목을 하나씩 들고 침상을 둘러쌌다. 엘리베이터를 타고 내려갔다. 학생들이 병상을 지키던 27일 중 가장 긴장된 순간이었다.

이렇게 1987년 7월 5일 새벽 상황은 긴박하게 돌아갔다. 그사이에 경찰들이 찬 시계의 초침도 빠르게 돌아갔다.

불을 붙이겠다

학교 밖에서 허둥지둥 달려온 총학생회장 우상호는 먼저 병원으로 뛰어가 이한열이 지하 통로를 따라 영안실로 운반되는 과정을 함께 했다. 그러나 영안실 상황은 좋지 않았다. 병원에는 스무 명 정도의 학생만 경비를 서고 있었다. 두려움에 부들부들 떨고 있는 여학생들까지 포함된 숫자였다.

우상호는 아차 싶었다. 어떻게 병상을 지키는 학생 수가 가장 적은 날, 총학생회 간부들이 식사를 하러 학교 밖으로 나간 날 이런 일이 벌어질 수 있는가. 우리가 가장 약하고 방심해 있을 때 이를 깨치려고 한열이 일부러 이 날을 택해 떠난 것일까.

우상호에게 지난 한 달은 인생에서 가장 괴로운 날들이었다. 그는 매일 자책하고 후회했다. 6월 9일 시위는 다음 날 있을 국민대회를 생각해 간단히 진행할 생각이었다. 그래서 그날은 소크를 세우기는 하되 되도록 평화적으로 집회를 끝내자고 주변에 당부했다. 그러면서 학생들에게 물러서지 말고 끝까지 싸우자고 외쳤다. 하지만 최루탄이 터지자, 체포조가 학교로 뛰어들자, 그는 돌아서서 도망쳤다.

그리고 그는 그날부터 스스로 죄인이 되었다. 총학생회장이, 리더라는 사람이 학생들에게 '나가서 싸우자', '물러서지 말자' 해 놓고 혼자 돌아서서 도망치다니, 그렇게 내가 도망간 사이에 내 말을 듣고 앞에 나가 물러서지 않고 싸우던 학생이 최루탄에 맞다니!

6월 9일 저녁, 우상호는 소크 한 명이 쓰러져 목숨이 위태롭다는 소식을 듣고 병원에 달려가 그 학생의 얼굴을 확인했다. 이름도, 학과도 모르지만 낯익은 얼굴이었다. 학생회관에 입주해 있는 서클의 남학생들은 총학생회가 준비한 집회가 열리는 날이면 민주광장으로 앰프나 의자를 나르는 심부름을 자주 하곤 했다. 허드렛일 하기 싫어하고 게으른 학생들은 그런 일을 슬금슬금 피했지만, 이한열은 집회 때마다 단골로 심부름을 했다. 성실하게 도왔다. 그래서 이한열은 우상호에게도 낯익은 얼굴이었다.

우상호는 스스로에게 화가 났다. 용서하기 힘들었다. 누군가 그날 희생되었다면 그건 나였어야 했다. 그런데 나 대신 이한열이 희생되었던 것이다. 5.18민주화운동 때 전남대 학생회장을 했던 박관현 열사가 떠올랐다. 그는 자신이 이끈 학생들이 계엄군의 총칼에 수없이 죽었는데도 스스로 살아남았다는 죄책감을 갖고 살았다. 그러다 1982년 내란음모 사건으로 검거되어 수감되자 50일간의 단식투쟁 끝에 운명했다. 사실상 자결이 아니었을까. 그런데… 나는….

이한열이 쓰러지자마자 병원으로 달려온 가족들 앞에서 우상호는 얼굴을 들 수 없었다. 그날의 책임자였다는 총학생회장을 보자 이한열의 가족들은 분노를 터뜨렸다. 우상호는 가족들의 질책을 고스란히, 기꺼이 떠안았다.

이한열이 쓰러진 후 27일 동안 우상호는 매일 밤 기도했다. 기독교인이 아닌데도 신께 기도했다. 울면서 기도했다. 제발 살아다오, 살아남아다오, 죽으면 안 된다…. 그런데 그런 기도가 소용없이 결국 이한열은 죽고 말았다. 하필이면 그가 절명하던 그날 새벽 학생회 간부들은, 그리고 나는 학교 밖에서 밥을 먹고 있었다니….

처참한 심정이었다. 다시 죄책감이 밀려왔지만 지금 그보다 중요한 것은 한열이를 지키는 일이었다. 한열이를 뺏길 수는 없다. 뺏겨서는 안 된다. 그는 정신을 차리고 일단 학생회관으로 돌아가 학생회 간부들과 긴급 대책회의를 가졌다.

새벽 3시경. 사복형사 1개 중대 150명이 병원 입구 20미터 앞까지 전진 배치되어 있었다. 조금 지나자 30개 중대 4500명의 전경이 병원 주변을 벽처럼 빙 둘러쌌다. 학생들이 병원으로 달려온다

해도 이한열이 있던 병동 쪽으로는 접근하기 어려운 상황이었다. 이러한 상황에서 경찰들이 압도적인 물리력으로 병동 안에 쳐들어온다면 학생들의 힘으로는 이들을 막을 수 없었다. 이한열의 육신이 경찰들의 손으로 넘어갈 수도 있는 '최대 위기'였다.

경찰들은 일제히 박자에 맞춰 발을 구르며 위협적인 분위기를 조성했다. 일촉즉발의 순간이었다. 이대로 물리력이 충돌하면 큰 희생으로 이어질 수 있었다. 이미 경찰 측은 이한열의 시신을 압수해갈 수 있다는 압수수색검증영장을 갖고 있었다. 이한열의 사망 직후 거의 실시간으로 영장이 발부된 것으로 짐작건대, 경찰 측은 이미 영장을 준비해 놓고 이한열의 사망 소식만 기다렸던 것 같다.

동이 틀 무렵, 전경들이 병원 내부로 진입해 영안실 바로 앞까지 왔다는 소식이 학생회실로 전해졌다. 우상호는 그 소식을 듣고 상황이 몹시 위급함을 깨달았다. 건물 내부까지 경찰이 들어왔다는 것은 곧바로 시신을 빼앗아 가겠다는 뜻이었다.

우상호는 바로 영안실로 뛰어갔다. 영안실 입구 40~50미터 안까지 전경들이 들어와 있었다. 그때 우상호는 목숨을 건 모험을 했다. 들고 있던 시너를 경찰과의 경계선에 뿌린 후 한 손에 뚜껑이 열린 시너 통을, 다른 한 손에 라이터를 들고 경찰에게 소리쳤다.

"한 발짝만 더 다가오면 시너를 뒤집어쓰고 불을 붙이겠다!"

한열이를 지키기 위해서는 분신까지 불사하겠다고, 우상호는 그렇게 마음먹었다.

한편 두 차례의 뇌수술을 거치고 일반 병실에 입원해 있던 이종창은 바로 그날 퇴원이 예정되어 있었다. 그러나 퇴원일 새벽에 눈을 떴을 때 병원 분위기가 여느 때와 달랐다. 병실 창문이 모두 블라인드로 가려져 있었다. '이상하다, 왜 블라인드를 저렇게 쳐 놓은 걸까.'

퇴원 준비를 하는 부모님이 잠시 자신한테 신경을 안 쓰는 틈을 타 블라인드를 들춰 보았다. 동이 터오고 있었다. 그런데 어둠이 서서히 걷혀 가는 새벽 공기 속에서 푸른 제복의 전경들이 병원을 에워싸고 있는 모습이 보였다. '아, 한열이가 결국 운명했나 보구나!' 그는 직감할 수 있었다.

그때부터 이종창은 제정신이 아니었다. 이한열의 시신을 탈취하기 위해 경찰병력이 투입되었으니 언제 무슨 일이 벌어질지 모를 일이었다. 자신도 나가서 싸워야 할 것만 같았다. 분노가 되살아나고 울음이 터졌다. 이렇게 격한 반응을 보이며 심신이 불안정해진 이종창을 본 주치의는 오늘 퇴원하는 것은 불가하다며 그에게 며칠 더 입원해 있을 것을 지시했다.

하지만 가만히 있을 수 없었다. 이종창은 환자복을 입은 채 학생들이 스크럼을 짜고 있는 곳을 찾았다. 환자복을 입고 있으니 혹시 경찰이 투입되더라도 자신은 병자로 알고 건드리지 않을 것 같았고, 어떻게든 싸움에 도움이 되지 않을까 싶었다. 그렇게 학생들이 문을 지키고 있는 곳으로 갔다가 당장 위급한 상황은 아님을 확인하고 우선 병실로 돌아왔다.

병동 밖에서도 치열한 싸움이 계속됐다. 장운은 혼자 백병전의 심정으로 수백 명의 전경들을 앞에 두고 "이 압수수색 영장을 집행하면 당신들은 역사의 죄인이 된다"고 외쳤다. 연세대 안세희 총장, 국문과 이선영 교수, 학생처 최혁근 선생 등도 사태 수습을 위해 달려왔다. 총학생회 대책위와 서대문경찰서장 사이에 협상이 오갔다.

경찰 병력이 길을 막아섰지만 이미 많은 학생이 학교 담을 넘어 병원에 들어와 있었다. 동네 주민들도 일부 들어왔다. 어떻게 소식을 들었는지 목요상 의원을 비롯한 동교동계 의원들도 담을 넘어 들어왔다. 학교 앞 여관에서 국민운동본부 동료들과 숙식을 하며 학교 상황을 지켜보던 김학민도 여관방에서 자고 있다가 이 소식을 듣고는 바로 교육학과 성래운 교수에게 연락해 그와 함께 학교로 들어왔다.

당시 공권력은 시신을 왜 옮기려고 했고, 학생들은 왜 지키려고 했을까. 부검 과정에서, 혹은 부검 결과를 통해 자신들에게 불리한 정황이 드러날 것을 대비한 정부는 시신을 탈취해 그런 정황을 은폐하려 했고, 학생들은 가족과 학생 대표가 지켜보는 가운데 공정한 부검을 실시하고자 했기 때문이다. 학생들의 입장에서는 그래야만 정부와 경찰 쪽에서 퍼뜨리고 있는 '이한열은 학생들이 던진 돌에 맞아 쓰러졌다'는 등의 말도 안되는 루머를 종식시키고 이한열의 사인을 제대로 밝힐 수 있었다.

　　그래서 학생들은 온몸으로 저항했다. 협상은 길고도 팽팽하게 이어졌다. 결국 경찰은 이한열의 부검을 세브란스 병원에서 하는 것으로 동의했다. 아니, 항복했다.

최종 사인 '최루탄'

7월 5일 아침 8시 55분부터 이한열의 부검이 시작되었다. 부검의로 서울대 의대 이정빈 교수(법의학), 세브란스 측 최인준 교수(병리학), 국립과학수사연구소(이하 '국과수') 황적준 박사가 참여했다. 그 외에 담당 검사였던 서울지검 유성수 검사, 가족 대표인 이한열의 둘째 매형 조용식, 학생대표인 총학생회장 우상호가 참관했다.

　부검 참관은 누구에게나 쉽지 않은 경험이다. 너무 끔찍한 광경이라 끝까지 지켜보지 못하고 구토를 하거나 심지어 기절하는 사람도 있다. 우상호와 조용식도 이때 처음 부검 참관을 경험했다. 그 광경은 맨 정신으로 보기 어려웠다. 그러나 두 사람은 두 눈을 부릅뜨고 부검을 끝까지 지켜보려고 안간힘을 썼다. 뇌에서 최루탄 파편을 찾지 못하거나 발견 후 은폐한다면, 정부의 주장처럼 학생이 던진 돌멩이에 맞아 이한열이 죽은 것으로 진실이 왜곡될 수도 있었다.

검시의는 검시하려는 부분과 이유를 하나씩 설명하면서 부검을 진행했다. 첫 부검에서는 뇌 속에 든 이물질을 적출하지 못했지만, 오전 11시 15분에 재개된 부검에서는 금속성 파편 2개를 찾아냈다. 뇌간에 박혀 있던 2~3밀리미터 크기의 파편이었다. 이들 파편은 바로 국과수로 넘겨졌다.

국과수에서는 이한열의 뇌에서 발견된 이물질의 성분을 정확히 파악하는 정성定性 분석에 들어갔다. 장성일 박사를 포함한 여러 전문가가 실시한 이 분석 과정에도 참관인이 들어갔다. 발견된 증거물의 분석을 왜곡하거나 은폐할 수도 있다는 우려가 있었기 때문이다. 연세대 부총학생회 김병규와 연세대 금속공학과 김문일 교수, 그리고 이한열의 둘째 매형 조용식이 참관했다. 국과수의 분석 결과 이한열의 뇌 속에서 나온 이물질은 최루탄 뇌관 구리 물질의 파열체임이 밝혀졌다. 검찰은 국과수 조사 결과를 인정, 이한열의 사인이 최루탄 피격에 따른 것이라고 최종 발표했다. 6월 9일 이후 27일 만에 이한열이 공권력에 의해 쓰러졌다는 사실이 공식적으로 확인된 순간이었다.

작별을 준비하며

한편 7월 5일 오전 5시30분, 이한열의 사망이 확인되고 약 세 시간 만에 세브란스 병원 회의실에서 이한열의 장례 문제를 논의하는 대책회의가 열렸다. 학교 당국, 병원 관계자, 유족, 학생 대표가 모였다.

여러 논의 사항 중에 가장 예민하게 부각된 문제는 장례 명칭과 장지 위치였다. 장례를 사회장, 국민장 등 큰 규모로 치르자는 학생, 재야 단체 등의 의견에 가족들은 반대했다. 유족 중 누군가는 '왜 한열이의 죽음을 이용해 사람들을 선동하려 드느냐'며 강하게 반발하기도 했다. 이한열 아버지로서는 장례식을 크게 키웠다가는 누가 또 다치는 일이 생길지 모른다는 걱정이 컸다. 그래서 유족들은 장례를 학생장 정도로 치르기를 바랐다.

그러나 국민운동본부, 민주통일민중운동연합(이하 '민통련') 등

시민단체들은 6월항쟁의 상징이 되다시피 한 이한열의 장례를 이렇게 축소해 치러서는 안 된다고 주장했다. 총학생회의 의견도 마찬가지였다. 여러 의견이 팽팽히 맞섰다.

장지에 대해서도 의견이 갈렸다. 두 부모의 뜻도 서로 조금 달랐다. 아버지는 아들이 연세대 교정에 안장되기를 바랐다. 시신이 학교 밖으로 나가면 혹시라도 유혈사태가 벌어질까 염려했기 때문이다. 반면 어머니는 고향을 바랐다.

"나는 다시는 연세대학교에 못 찾아올 것 같은데, 한열이가 여기 묻히면 보고 싶어도 와서 볼 수 없고… 그러니 가까이 있으면서 자주 찾을 수 있는 광주 땅에 아들을 두고 싶소."

학교 측은 일단 아버지의 제안에는 난색을 표했다. 학교 부지에 학생이 안장된 전례가 없었기 때문이다. 학교 측은 교내에 학생이 묻힌 경우는 해방 후 일본 경찰을 무장해제하려다 순국한 안기창, 이이제의 예가 유일하다며, 그것도 그때가 혼란기라 마땅한 장소가 없어서 임시로 빌려준 '가묘'였을 뿐이라고 설명했다. 4.19 때 희생된 학생 최정규도 학내에 장지를 마련하지 않았다고 덧붙였다.

오전 11시경, 긴 논의 끝에 장지는 광주 망월동 묘역으로, 장례 명칭은 '애국학생 고 이한열 열사 민주학생장'으로 결정됐다. 그러나 장례 명칭은 이후에도 수차례 바뀌었다.

연세대 학생회관 외벽에는 6월 15일부터 걸려 있던 대형 걸개그림이 내려오는 대신 검은 만장이 드리워졌다. 상경대 예비역들은 학교 내 다른 건물들에 현수막과 만장을 내걸었고, 백양로 양쪽 길 400미터도 긴 만장으로 둘러쳤다.

총학생회, 국민운동본부, 서울지역대학생대표자협의회(이하 '서대협')에서는 그달 6일부터 11일까지 6일간을 '애국학생 고 이한열 열사 추도 기간'으로 선포했다. 그러면서 학생들에게 근조 리본을 가슴에 달고 수수한 옷차림을 해줄 것을 요청했다. 연세대에선 학생들은 물론 교직원들도 검은 근조 리본을 달았다. 〈경향신문〉 1987년 7월 6일자는 이 같은 모습을 보도하며 "연세대학교에서 전체 교직원이 검은 근조 리본을 단 것은 지난 1985년 백낙준 박사 장례 이후 학교 역사상 두 번째 일"이라고 소개하기도 했다.

이날 오후부터 연세대 학생들은 비상학생총회를 열고 이한열을 애도했다. 그리고 교문을 향해 침묵 행진을 했다. 교문 밖에서는 경찰들이 다시 학생들을 막아섰다. 학생들은 비폭력 평화 시위 원칙을 지켰지만, 최루탄은 또 터지고야 말았다.

이한열이 떠나자 수많은 조문객이 세브란스 병원의 빈소를 찾았다. 그러나 빈소는 곧 연세대 학생회관 1층으로 옮겨졌다. 학생처의 제안에 따른 것이었다. 당시 학생처장을 맡은 정진위 교수는 당시 상황을 이렇게 설명한다.

"처음에는 세브란스 병원 지하 1층 장례식장에 분향소를 차렸어요. 그런데 오래된 건물이라 어둡고 좁아서 수백에서 수천 명이

이한열이 끝내 절명하자 학생들은 걸개그림이 걸려 있던 학생회관 건물에 대형 만장을
내걸었다. 이와 동시에 걸개그림은 도서관으로 옮겨 달았다. 이한열을 조문하려고 학생
회관을 찾은 이들이 긴 줄을 이루고 차례를 기다리며 서 있다.

나 되는 조문객들을 전부 수용할 수 없었죠. 찾아오는 사람이 너무 많아서 같은 시간에 장례식장을 사용하는 다른 유가족들에게도 피해가 컸고요. 그래서 안세희 총장과 상의해서 분향소를 학생회관 1층으로 옮겼습니다."

한편 안세희 총장도 5일 "이한열 군의 죽음에 즈음하여"라는 제목의 담화문을 발표했다. 그러나 정권의 폭력을 정확히 직시하지 않고 그저 '이러한 사태를 야기한 책임의 소재가 철저히 규명돼야 한다'고 표현한 담화문에 많은 학생이 불만을 표했다. 일부 대학원 생들도 집회를 갖고 "제자가 죽었다 총장은 각성하라", "반민주 반민족 학교행정 몰아내자" 등의 구호를 외치며 학교 당국의 각성을 촉구했다.

일반 조문객도 줄을 이었다. 총 8만여 조문객이 몰렸다. 김수환 추기경을 비롯한 종교단체 인사들과 김영삼 민주당 총재, 김대중 민주화추진협의회(민추협) 공동의장 등 수많은 정치인이 찾아왔다. 김영삼과 김대중은 이한열이 사경을 헤매던 와중에도 병상으로 위문을 왔었다. 제5공화국 정부에서 반정부 투쟁으로 수감되어 있다가 6.29조치로 석방된 이들을 비롯해 전국 각지의 재야인사들도 다녀갔다.

정부와 여권도 국민들의 여론 때문에 나 몰라라 할 수는 없었다. 민정당, 문교부 등에서도 조화를 보내고 문상을 오려고 했다. 그러나 학생과 시민들은 강하게 거부했다. 5일에 노태우 민정당 대

이한열이 사망한 다음 날 열린 집회에서도 전경들은 교문 앞에 주저앉아 침묵 시위를
하는 학생들에게 최루탄을 쐈다. 그 최루탄 파편에 이한열의 영정 사진 유리가 깨진 것
을 보고 학생회장 우상호가 눈물을 흘리고 있다.

표가 조화를 보내오자 한 학생이 마대복에게 "노태우 대표가 조화를 보냈는데 어떻게 할까요?" 하고 물었다. 그러자 마대복은 버럭 화를 내며 "지금 무슨 소리야? 그 사람이 조화를 왜 보내? 박살 내 버려!" 하고 말했다. 학생들은 그 즉시 조화를 박살 냈다.

조화의 수난은 이어졌다. 다음 날인 6일에 손제석 문교부장관으로부터 온 조화는 차에서 내리지도 못한 채 돌려보내졌고, 이민우 신민당 총재의 조화는 명찰을 떼었다. 이들의 문상은 당연히 거절당했다.

7월 6일, 학생들은 분노를 꾹꾹 누르며 이한열을 추모하기 위한 평화대행진을 교내에서 벌인 후 교문 앞으로 나아갔다. 총학생회장 우상호가 이한열의 영정을 가슴에 안았고, 그 옆을 총학생회 사회부장 우현이 지켰다. 그러나 이날도 경찰들은 학생들이 학교 밖으로 나가는 것을 막는다며 최루탄을 쏴 댔다. 이 과정에서 우상호가 손에 안고 가던 이한열의 영정 사진 유리가 깨지고 말았다. 우상호는 그렇게 또 한 번 울었다. 이미 영면한 이한열을 또 이렇게 죽이다니… 이날 하루만 최루탄 파편에 의한 부상자가 무려 39명이나 되었다.

이날 대행진에는 학생뿐 아니라 시민도 많이 참여했다. 그리고 시위 현장에는 6월 9일 시위에서 최루탄 발사를 지시한 서대문경찰서장이 전경들 틈에 서 있었다. 그를 알아본 시민들과 학생들이 돌

세례를 퍼붓자 그는 부하들에게 둘러싸여 급히 몸을 피했다. 그는 이 시위가 끝난 후 직위 해제되었다.

방학 중에는 휴간을 하는 〈연세춘추〉도 이한열의 죽음과 장례식을 맞아 7월 9일에 호외를 냈다. 여기에는 당시 학내 모습 이모저모를 이렇게 소개하고 있다.

분향소인 학생회관 좌측 뒤편 목회자 세미나 참석자들에게 '찬송가를 연주하는 컴퓨터' 등으로 상행위하는 상인들이 있자 경비 담당은 강경하게 대처하기도.

또한 어학당과 국제교육부의 여름학교 수강생 5백여 명 중 멋모르는 교포 학생들의 평상복(?) 차림 등이 문제시되자 어학당 게시판에 단정한 복장을 권유하는 영문 안내문이 나붙었는데, 실제 단정한 조복 차림으로 등교하는 교포 학생도 있었다.

이 사건을 조금 더 설명하자면, 화려한 옷을 입은 교포 여학생을 본 한 남학생이 분을 참지 못하고 그 여학생의 뺨을 때린 일이 있었다. 이 여학생은 우리말도 제대로 못하는 상황이라 곧 울음을 터뜨렸고, 그 즉시 주변에 소란이 일었다. 그때 다른 사람들이 나서서 그 여학생에게 이한열의 피격과 사망에 대해 설명하고 지금이 조문 기간이어서 사람들이 분노에 차서 그런 것 같다고 얘기했다. 뺨을 맞은 여학생은 충분히 이해했다고 하며 자신도 조문에 동참하겠다고 답했고, 다음 날 까만색 옷을 입고 등교했다고 한다.

한편 다음 인용은 연세대에서 열린 시민 토론회에서 있었던 한 장면으로 추정된다. 당시 이한열의 장례를 준비하는 5일 동안 연세대에서는 연대생은 물론이요, 전국 각지에서 몰려온 대학생들과 시민들이 민주광장을 비롯한 여러 곳에 모여 자발적으로 토론회를 열곤 했다.

> 7일 철야농성에서 명동투쟁에 참가하였다는 한 노인이 나와 앞으로 우리 헌법이 담아야 할 내용은 모든 국민의 자유로운 통일 논의와 광주항쟁 정신을 헌법에 명시하는 등 심야에 명강의. 나이 많은 사람들도 민주화에 대한 염원은 한결같다는 것을 보여주기 위해 명동에서도 발이 부르트도록 학생들과 함께 뛰셨다는 어른의 연설에 감명 받은 학생들. 자기 학교 집회에서도 꼭 참석해 달라는 부탁뿐 아니라 ㄷ대에서는 원고 청탁까지 하였다.

이 〈연세춘추〉 호외에는 이한열의 동생 이훈열의 인터뷰도 실렸다. 당시 이훈열은 광주 서강고 3학년이었다. 형이 쓰러졌다는 소식을 TV를 통해 본 그는 부모님이 서울로 올라간 상황에서 다음 날 혼자 등교 준비를 하고 학교에 갔다. 하지만 교실에 있기조차 힘들었다. 그는 그날 교실에 들어가지 않고 종일 나무 밑에 앉아 있었다.

형이 숨을 거둔 이틀 후인 7월 7일 새벽 1시경, 이훈열은 형이 다니던 학교의 학보사 학생들과 인터뷰를 했다. 기사는 이렇게 시작된다.

'한열아 어디 갔니. 얼굴 좀 보자'며 한열 군의 영정을 끌어안고 오열하는 어머니를 위로하는 훈열 군은 죽은 형을 대신할 만큼 의젓해 보였다. 우리 모두의 슬픔도 큰 것이지만 가족들의 고통은 이루 말할 수 없을 것이라는 생각에 기자는 훈열 군을 만나 어떻게 얘기하나 하고 걱정했다. 그러나 훈열 군은 의외로 차분하고 의지 서린 눈빛이었다.

인터뷰에서 이훈열은 "재수기간을 합쳐 3여 년을 떨어져 있었기 때문에 형의 깊은 생각을 확실히는 알지 못하였지만, 이제 형이 말하고자 했던 정신은 어렴풋이나마 짐작할 수 있다", "형은 분명히 형 자신만을 위해 죽은 것이 아니라, 우리나라의 민주주의를 위해 싸우다 죽었다"고 말했다. 또한 그는 형을 위해 27일 동안 세브란스 병원을 지킨 연세대 학생들에게도 감사의 말을 잊지 않았다.

"형이 다쳐서 중환자실에 누워 있을 때 연세의 형, 누나들이 밤을 새워 가며 보살펴 주었고, 또 형의 장례를 위해 토론하고 뛰어다니는 것을 보고 한열이 형이 혼자가 아니라는 생각을 했어요. 정말 고맙습니다."

한편 대책회의 테이블에서는 이한열의 장례에 대한 이견을 좁히느라 진통이 이어졌다. '민주학생장'을 '민주국민장'으로 격상해야 한다는 의견이 계속 나오면서 총학생회는 숙의 끝에 명칭을 '민주국민장'으로 변경키로 했다. 그러나 가족들의 반대는 계속되었다. 총학생회 간부들과 함께 유족들을 찾아간 우상호는 이한열의 두 부모 앞에 무릎을 꿇고 설득에 나섰다. 결국 유족들도 학생들의 뜻을 받아들였다. 7월 7일 밤의 일이었다.

곧 장례준비위원회가 꾸려졌다. 범국민 차원의 장례위원회였다. 고문은 함석헌, 홍남순, 문익환, 윤공희 등의 종교인사와 김대중, 김영삼 등의 정치인, 그리고 연세대 안세희 총장이 맡았다. 장례위원장은 연세대 성래운 교수와 재야인사인 문동환, 이우정, 김승훈, 지선 스님이 공동으로 맡았다. 집행위원장은 총학생회장 우상호, 호상은 연세대 김찬국 교수였다.

영결식은 기독교 재단인 연세대의 협조를 얻어 치러지는 만큼 기독교 양식으로 진행될 예정이었다. 그러나 민통련에서 활동하던 백기완 선생, 서울대 이애주 교수 등 일부 인사들은 서구식 장례에 문제를 제기했다. 장례 준비를 위한 회의에서 백기완 선생은 "적들한 테 억울한 죽음을 당했는데 식은 무슨 식이냐!" 하며 분노를 터뜨렸다. 그해 '바람맞이 춤' 공연으로 큰 반향을 불러일으키기도 한 이애주 교수도 전 세계가 지켜보는 장례식을 우리 고유 양식으로 치러야지 서양식으로 일관하는 것은 문제가 있다고 지적했다.

결국 장례위원회는 기본적으로 기도, 찬송, 성경 봉독, 설교 등의 기독교 양식을 취하는 동시에 특정 종교를 넘어 각계각층을 아우르는 방식으로 장례를 치르기로 했다. 단, 정치권 인사의 개입만은 배제하기로 했다. 구체적인 장례 절차와 형식의 줄기를 잡는 역할은 문중에서 큰 장의나 제사를 자주 접했던 김학민이 맡았다.

장례집행위원을 맡은 실무자들은 유족들과 의견을 조율하느라 다소 늦어진 장례 준비에 박차를 가했다. 총무분과는 장례에 필요한 경비를 어떻게 마련할 것인지 고민했고, 행사분과는 식순을 어떻게 짤 것인지 의논했다. 경호를 맡은 학생들은 당일 분담할 여러 역할을 구상했다. 이렇게 매일 장례 준비 회의에 모인 사람만 70~80명을 헤아렸다. 실무 준비를 도운 학생들의 연인원은 2000명을 훌쩍 넘었다. 학생 집행위원들은 바닥에 채 몸을 누이지도 못하고 벽에 기대어 토막잠을 자며 실무를 준비했다. 다행히 국민들의 조의금으로만 무려 2138만원이 들어와 장례비 걱정은 덜 수 있었다.

　이한열이 쓰러진 후 줄곧 집 밖에서 지내던 이한열의 가족들은 총학생회 여학생부장 박선영과 총학생회 종교부장 장숙희가 전담해 보살피고 있었다. 그중 장숙희는 이한열을 떠나보내는 자리에서 한열의 어머니와 누나들이 입을 상복을 정성껏 마련하고 싶었다. 시장에서 산 기성 상복을 입혀 드린 채 이한열과 이별하게 하고 싶지 않았다. 그래서 장례 준비로 정신없는 와중에도 한복 짓는 사람을 학교까지 불러 가족들의 몸 치수를 잰 후 한 땀 한 땀 정성들여 상복을 짓게 했다.

　장례의 명칭과 장지가 결정되자 이제 운구 행렬의 코스를 정하는 게 문제가 되었다. 장례준비위원회에서는 서울 신촌동에 있는 금화터널과 사직동에 있는 사직터널을 지나 서울시청 쪽으로 운구를 진행하자는 의견이 나왔다. 그러나 경찰이 허락할 리 없었다. 사직동을 지나 시청으로 갈 때 청와대가 바로 코앞이었기 때문이다. 운구 행렬이 아예 시청 쪽으로는 얼씬도 못하게 하려고 한 경찰 측은 서울 아현동에서 마포 쪽으로 우회해 고속도로로 곧장 향하는 방안을 내놨다. 이에 사직터널이 안 된다면 신촌로터리에서 아현동을 지나 시청으로 향하자는 의견도 제기되었다. 그러나 이 역시 경찰의 허락을 받아야 했다.

　이한열의 사망으로부터 장례일까지는 정부 당국도 예민해질 대로 예민해져 있었다. 연세대 상공에 헬리콥터가 날고, 학생처로 '이

175

한열의 시체를 광주 전남대 의대병원으로 옮기라'는 연락까지 왔다. 그러나 결국 경찰 쪽이 '시청 절대 불가'를 철회함으로써 운구 행렬은 연세대에서 출발, 아현동을 거쳐 시청으로 향하는 것으로 확정되었다.

▶ 1987년 당시 우현이 맡았던 총학생회 사회부장의 역할은 각종 학내외 시위 조직, 소크 준비를 통한 시위대열 보호 등 여러 일을 지휘하는 것이었다. 실제로 학생회의 각종 부서 중 사회부가 가장 '과격하고 위험한' 역할을 했다.

원래 1987년도 총학생회 사회부장 자리는 다른 사람이 맡고 있었는데, 5월에 공석이 되면서 우현이 뒤를 이었다. 그가 사회부장이 되자마자 서둘러 한 일 중 하나는 '삭발'이었다. 6월항쟁의 불길이 일어나기 전에 학내에서 단식 시위를 하던 학생들이 경찰의 불법 난입으로 연행되자 이에 항의하기 위해 머리를 밀었던 것이다. 그래서 6월항쟁 내내 그의 머리는 삭발 상태였다. 이한열의 영정을 들고 있는 우상호 곁에서 찍힌 사진(178쪽 참고)에서도 그는 삭발을 유지하고 있다.

이 사진은 인터넷을 통해서도 많이 알려졌는데, 최근까지 좌우가 반전된 채 유포되었다. 태극기의 4괘를 기준으로 사진의 좌우를 파악하고 인화한 듯한데, 자세히 보면 영정사진에서 이한열의 가르마 위치가 바뀌어 있고 학생들은 검은 상장을 오른쪽 가슴에 달고 있었다.

이한열기념사업회도 이 같은 사실을 깨닫지 못한 채 해당 사진을 전시실에 걸었을 뿐 아니라, 지난 2017년 1월 연재한 다음카카오

이한열의 영정을 들고 있는 우상호 총학생회장(가운데)과 우현 총학생회 사회부장(오른쪽). 인화 과정에서 좌우가 반전된 사실도 모르고 오랫동안 인터넷에 유통되어 오던 사진을 바로잡은 것이다.

스토리펀딩 기사에도 게재하고 말았다. 그러자 인터넷에서 한 누리꾼이 사진의 좌우가 바뀐 것을 지적했고, 기념사업회도 비로소 이를 깨닫고 사진을 원래 모습으로 수정했다.

한편 수정된 사진 속에서 왼쪽에 서 있는 사람이 지금은 배우로 잘 알려진 연세대 신학과 84학번 안내상이라고 잘못 알고 있는 이들이 많다. 이는 미디어를 통해 우상호, 우현, 안내상 세 사람의 학창시절 인연이 알려지면서 불거진 오해다. 사진 속에 고개 숙인 인물은 당시 교육과학대 학생회장이던 체육교육학과 학생이다. ◀

그림으로 음악으로

이한열이 쓰러졌다는 소식을 들은 후 내내 가슴 한편에 묵직한 추를 단 듯한 느낌으로 6월항쟁 기간을 보낸 사람이 또 한 명 있었다. 바로 민중미술 작가 최민화였다.

최민화는 1980년대 중반 사회 변혁 운동에서 미술의 역할, 그 중에서도 만화와 같은 대중적 매체를 통한 접근에 많은 관심을 갖고 활동하고 있었다. 그래서 대학생을 비롯한 젊은이들을 대상으로 사회운동과 대중미술 간의 결합이 중요함을 강조하는 다채로운 강좌를 몇몇 작가들과 함께 진행했다. 그 대상 중 하나가 바로 만화사랑이었다.

'연세대 만화사랑 이한열이라면 내가 지난겨울 만화 지도를 했던 그 학생 중 한 명이 아닌가! 강의를 하는 기간 동안 나하고 뒤풀

이에서 술잔을 기울이기도 했을 법한 학생이 희생되다니….' 최민화
는 무서운 부채감에 시달렸다. 당시 그의 나이 서른 셋. 자신보다
열 살이나 어린 대학생이, 그것도 자기 수업을 듣고 함께 호흡했던
'제자'가 쓰러진 사실은 작가인 그로 하여금 어떤 형태로든 이한열
의 희생을 오래도록 깊이 기억하기 위한 작업을 하도록 밀어붙였다.

그래서 최민화는 이한열의 사망 소식을 듣고 연세대로 달려가
장례준비위원회를 만났다. 그리고 영정 그림과는 또 다른 대형 그
림을 제작해 장례 때 그것을 들고 운구 행렬을 따르자고 제안했다.
열사의 모습을 대형 그림으로 그린다? 그리고 그것을 들고 장례 행
렬에서 행진을 한다? 당시로서는 파격적인 구상이었다. 장례준비위
는 제안을 바로 받아들이지 못하고 망설이다가 장례식 전날에야 그
림 제작을 결정했다.

주어진 제작 시간은 단 하루. 최민화는 당장 연세대 상경대 로
비에서 그림 제작에 착수했다. 상경대 건물 입구는 아예 봉쇄해 버
렸다. 혹시라도 전경들이 치고 들어와 작업을 중단시키거나 작품을
훼손할 것을 염려했기 때문이다. 부검을 마쳐 사인까지 명백히 밝
혀졌지만, 언제 공권력이 쳐들어올지 모를 일이었다.

장례 행렬에 수많은 군중이 모일 것은 분명한 일일 터. 그런 군
중 속에서 시청 앞까지 함께 걸어가며 눈길을 끌려면 그림이 가능
한 한 커야 했다. 가로 7미터에 세로 2.3미터. 보기 드문 대형 작품
이 계획되었다. 작품이 이렇게 크니 작업은 촌각을 다투며 진행되

어야 했다. 바로 다음 날이 장례식이었다. 최민화는 작품의 기술적 완성도에 집착하기보다는 열사의 혼과 뜨거운 열정을 담는 데 집중했다. 밤을 꼬박 새워 작업했다.

그런데 최민화가 작업하던 와중에 이한열의 유족들이 그를 찾아왔다. 이한열의 어머니였을까, 누나였을까… 최민화는 그게 정확히 누구였는지 기억하지 못한다. 그러나 유족이 자신이 작업 중인 그림을 보고 던진 말만큼 기억한다.

"한열이가 지옥 속에 있는 것 같소. 왜 한열이를 지옥에 놓아둔 것이오?"

그때 최민화는 속으로 이렇게 답했다. '한열이를 천국에 있는 모습으로 그릴 수는 없었습니다. 그렇습니다. 한열이는 지옥에서 싸우고 있었습니다. 지옥에서 싸우는 천사였습니다.' 이렇게 해서 최민화가 1박 2일 만에 그려낸 작품이 '그대 뜬 눈으로: 이한열 열사 부활도'였다.

상경대 로비 한쪽에서는 이한열의 영정 그림이 그려지고 있었다. 작가 최병수가 소형 판화로 제작한 영정도를 모티프로 만들어졌는데, 최민화가 데생 실력이 뛰어났던 홍익대 미대 1학년 최금수를 불러 영정 그림 제작을 함께하도록 했다.

최금수는 작업이 확정되기 전인 장례 이틀 전에 최병수와 함께 재료를 준비하러 방산시장으로 달려갔다. 영정 그림을 그리기 위해 엄청난 크기의 천을 구하는 그들을 보고 방산시장 할머니들이 '이한열 때문에 천이 필요한 거 아니냐'고 물었다. 최금수는 깜짝 놀랐다. 이분들이 이한열의 장례에 쓸 천인 것을 어떻게 아신 걸까. 과연 온 국민의 관심과 염려가 이한열에게 모여 있다는 증거가 아닐 수 없었다. 할머니들은 '이한열의 장례에 쓸 천이니 그냥 내주겠다'며 돈을 받기를 거부했다. 그러나 최병수는 그래서는 안 된다며 돈을 드리겠다고 고집했다. 실랑이가 오갔다. 결국 억지로 할머니들께 돈을 쥐어 드린 두 사람은 거대한 천을 들고 연세대로 돌아왔다.

영정 그림의 크기는 가로 1.8미터에 세로 2.4미터. 최금수는 최병수의 판화 원화 중에서 인물 부분에 집중했다. 이한열의 학생증 사진을 갖고 얼굴 그림 작업을 했다. 배경화는 최병수가 맡았다. 명지대 미술교사로 일하던 홍익대 미대 졸업생 이기정과 만화사랑 학생들이 작업을 도왔고, 그림을 지지할 나무 틀을 제작하는 데는 문영태도 나섰다.

영정 그림에는 원본을 그린 작가 최병수가 여러 의미를 담고자 노력한 흔적이 보인다. 우선 여느 영정 사진처럼 휘장(영정 사진 윗부분에 여덟 팔八자 모양으로 두르는 검은 리본)이 들어가지 않았다. 이는 열사가 죽어 이승을 떠난 게 아니라 영원히 우리 곁에 살아 있다는 의미였다. 그리고 인물 뒤 배경으로는 구름 문양이 그려졌다. 이는 최루탄 연기를 상징했다. 박종철 열사의 영정 그림에서 박종철이 물고문으로 사망한 사실을 나타내기 위해 작가 문영태가 물결

183

이한열 영정 그림을 작업하는 당시 홍익대 미대 1학년 최금수(왼쪽)와 작가 최병수(사진
제공: 최병수)

문양을 넣었던 것과 같은 맥락이었다.

최금수가 한창 인물을 묘사하던 와중에 이한열의 친구라는 여학생이 그림을 보더니 '한열이한테는 털이 이보다 훨씬 더 많았다'는 말을 남기는 일도 있었다. 그 얘기를 들은 최금수는 눈썹을 덧칠해 더 진하게 그렸다.

"사실 저는 그때 철없는 미대 신입생이었어요. 얼마나 닮게 그리는가에 너무 집착했죠. 그래서 영결식이 열리기 직전에 영정 그림을 보러 오신 이한열의 부모님께 위로의 말을 건네는 대신 '닮게 그려졌나요?'라는 질문부터 드렸습니다. 막 울고 계신 부모님께 말이죠. 지금까지도 부끄럽게 생각하는 일입니다."

작업이 끝난 후 최병수가 최금수에게 돈 3만 원을 쥐어 주었다.

"형, 이게 뭡니까?"

의아해하며 묻는 최금수에게 최병수가 답했다.

"넣어 둬라. 혹시나 경찰한테 잡혔을 때 이 돈을 보여주면서 '나는 돈 받고 작업했다'고 말해라."

이는 혹시나 어린 후배가 영정 그림 작업 때문에 해코지를 당할까 봐 염려한 최병수의 배려였다.

이렇게 이한열의 넋이 그림 속에서 새롭게 그려지는 동안 한편에서는 연세대 사회사업학과 학생 안치환이 이한열을 위한 추모곡을 쓰고 있었다. 안치환은 당시 연세대의 중앙 노래 동아리 '울림터'

를 대표하는 가수이자 작곡가였다. 1987년 3월 총학생회장 선거 유세장에서 발표돼 운동권의 히트곡이 된 '솔아솔아 푸르른 솔아'를 작곡하고 노래했던 그가 세상을 떠난 이한열을 위한 추모곡을 쓰는 건 자연스런 수순이었다.

실상 울림터 식구들에게는 이한열의 피격이 남의 일 같지 않은 사건이었다. 이한열이 쓰러진 것과 비슷한 시기에 울림터 회원이던 의예과의 한 학생이 전경의 쇠파이프에 맞아 두개골이 내려앉고 대동맥이 눌리는 중상을 입었기 때문이다. 그래서 울림터 식구들은 어느 누구보다 격앙되어 있었고, 이한열의 사망 소식이 전해졌을 때도 더 절실히 애도했다.

이미 사회노래패 '새벽'의 멤버로도 활동하고 있던 안치환은 이한열의 사망 소식을 듣자마자 추모가 작곡에 들어갔다. 곡은 바로 만들어졌다. "그대 떠난 빛고을에"로 시작하는 추모곡 '노을이여'였다. 울림터 멤버들은 이한열의 장례식에서 벗을, 선배를, 후배를 떠나보내며 이 곡을 부르기 위해 바로 연습에 들어갔다.

장례를 하루 앞둔 8일 밤 연세대는 불야성을 이뤘다. 학교와 신분을 불문한 수많은 학생과 시민이 다음 날 장례 준비를 위해 모여들었다. 도서관 앞 민주광장에서는 토론회가 열렸고, 학생들은 장례 때 쓸 만장과 플래카드를 학생회관에서 밤을 새워 만들었다.

한쪽에서는 영결식 후 한풀이 춤을 출 서울대 이애주 교수가 장단을 넣을 풍물패 200여 명과 밤을 새며 연습을 하고 있었다. 운구차에 3만여 송이의 하얗고 노란 국화를 꽂는 작업에는 무려 14시간이 소요되었다. 꽃을 꽂는 일이 지체되자 영정 그림, 만장 작업 등을 돕기 위해 달려왔던 미술운동가 10여 명이 운구차에 달라붙어 꽃 꽂는 일에 매달리기도 했다. 이한열을 보내는 길에 준비된 노제 음식은 생전에 그를 아끼던 훼드라 조현숙 사장이 마련했다. 그날 밤 연세대 안에 머물렀던 사람 중 잠을 제대로 잔 사람은 한 명도 없었다.

▶ 같은 작곡자의 노래에도 운명과 생명력이 있는 법인가. '노을이여'는 파급력이 크지 않았다. 장례 이후로 그다지 널리 불리지 못했다. 그 대신 1987년 6월 무렵 안치환이 만든 다른 곡이 이한열의 추모가로 부상하기 시작했다. '마른 잎 다시 살아나'였다.

이 곡이 이한열 추모가로 자리 잡는 데는 그해 7월에 만들어진 추모 테이프 《한열아 부활하라!!》의 힘이 컸다. 연세대학교 총학생회 명의로 제작된 이 카세트테이프는 울림터 출신의 전자공학과 82학번 이광기를 필두로 간호학과 84학번 이은진(전 '꽃다지' 대표)을 비롯한 여러 사람이 함께 기획했다. 박은경, 이기붕, 박성래, 김아란, 김철원, 박노선, 최소정, 하재선, 박정호 등 울림터 멤버들이 노래했고, 안치환도 작곡자이자 가수이자 세션으로 제작에 참여했다.

테이프 제작에서 YBS는 울림터와 함께 중요한 역할을 했다. 취재부장 홍종훈(법학과 85)을 비롯해 취재부 양성철(정치외교학 86, 현 〈제이누리〉 발행인), 아나운서 임수민, 엔지니어 조재성(금속공학 86) 등이 참여해 기획, 모노드라마 제작, 내레이션 녹음 등을 함께했다.

그런데 녹음 후반 작업에 박차를 가하는 가운데 일이 터졌다. 하필 그해 7월 큰 태풍이 한반도를 휩쓸었는데, 종합관 앞 전신주가 태풍에 쓰러졌던 것이다. 당시 YBS가 종합관에 있었다. 테이프 후반 작업을 하던 YBS에는 비상이 걸렸다. 작업은 서둘러야 했는데 전신

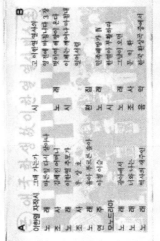

연세대학교 총학생회가 지원하여 울림터와 YBS가 제작한 추모 카세트 테이프《한열아 부활하라!!》의 표지와 속지

주가 쓰러져 전원을 공급받을 수 없으니 속수무책이었다.

양성철은 작업을 계속할 수 있는 시설을 빌리기 위해 이화여대 방송국, 고려대 방송국 등 여러 곳을 알아봤다. 결국 녹음은 한양대 방송국에서 마무리될 수 있었다.

이렇게 기획부터 음원 제작까지 모든 과정이 보름 만에 완료되었다. 이후 이은진이 한 번에 다섯 개까지 복사가 가능한 카세트테이프 복사기로 음원을 총 4000개의 카세트테이프에 복사해 학생들에게 보급했다. 한 번 녹음하는 데는 약 10분씩 걸렸다. '광야에서', '솔아솔아 푸르른 솔아', '마른 잎 다시 살아나', '노을이여' 등의 노래들과 모노드라마 등이 수록된 테이프 내용은 현재 디지털 음원으로 전환되어 이한열기념사업회 홈페이지(http://www.leememorial. or.kr/?tpf=leehanyeol/music)에서 들을 수 있다.

한편 지금도 불리는 또 다른 이한열 추모가로 사회과학대 노래패 '늘푸른소리'가 만든 '살아오는 동지여'가 있다. 당시 늘푸른소리 멤버로 활동한 정치외교학과 86학번 박상호에 따르면, 그룹 동물원 출신의 박기영(정치외교학과 84)도 함께 활동하면서 이 곡을 만들고 연습해 공연했다. ◀

■

가자, 광주로 가자

7월 9일 날이 밝았다. 이른 아침부터 많은 사람이 모여들었다. 여러 대학교와 단체의 플래카드, 깃발, 만장이 넘쳐 났다. '공주교도소 출소자 모임'이라는 플래카드도 눈에 띄었다. 이 모임은 6.29조치로 풀려난 민주 인사들이 만든 것이었다. 민가협 어머니들은 머리에 삼베 수건을 쓰고 안내문을 돌렸다. 교문 앞 굴다리 철도에도 사람들이 올라갔다. 이 때문에 오전 9시 40분경 수색역에서 신촌역으로 달리던 교외선 운행이 10여 분 동안 중단되기도 했다.

작은 실랑이도 있었다. 그날 아침 학생처장 정진위 교수는 장례식장에서 당혹스러운 장면을 보았다. 장례식을 치르기 한참 앞서 김영삼 총재 일행이 도착했는데, 이들이 주최 측에서 맨 앞자리에 정해 놓은 유가족 석을 먼저 차지하고 앉았던 것이다. 뒤이어 도착한 김대중 고문 일행도 김영삼 총재 일행의 바로 뒷자리에 앉았다. 이를 보고 화가 난 정진위 교수는 이들 앞에 유가족을 위한 의자를 새로 갖다 놓아 가족들이 맨 앞자리에 앉을 수 있도록 했다.[19]

수많은 추모객 중에는 당시 31세의 젊은 변호사 박원순도 있었다. 학내 집회에 참여했다가 검거되는 바람에 서울대학교에서 제적되기도 한 그는 인권 문제에 많은 관심을 갖고 있던 터였다. 그는 인파에 이리 치이고 저리 치이면서도 이한열을 보내는 길에 함께하려고 애썼다. 그로부터 한 달 후, 연세대학교 학생들은 6월 9일 당시 학생들을 향해 직격 최루탄을 쏘게끔 명령한 서대문경찰서장과 전투경찰대 중대장, 소대장 등을 상대로 한 기소장을 작성했고 이것이 기각되자 재정 신청을 했다. 이때 이상수, 홍성우, 이돈희, 한승헌 등 국내의 대표적 인권 변호사 22명이 법적 대리인으로 나섰는데, 변호사 중 가장 막내에 속하는 박원순 변호사도 그 명단에 이름을 올렸다.

'애국학생 고 이한열 열사 민주국민장'은 오전 7시에 시작되었다. 이한열과 가장 가까이 학창 생활을 했던 이들이 운구를 했다. 이민우, 이태직, 김태경은 물론 신문방송학과 86학번인 신재훈과 이택주, 전산과학과 87학번 김재형, 교육학과 87학번 이영갑 등 만화사랑 회원 16명과 경영학과 학생 24명이 함께했다. 또한 당시 대학교 방송국으로는 드물게 라디오 주파수를 보유하고 있던 YBS는 장

19　　　『Y대 학생처장이 본 1980년대 학생민주화운동』(정진위, 연세대학교 대학출판문화원, 2013) 141쪽 참고

레식 실황을 학내 곳곳에 설치된 스피커를 통해 중계한 동시에 FM 53.3MHz 주파수로 라디오 중계까지 했다.

지선 스님의 식사式辭, 만화사랑 선배 이민우의 열사 이력 소개, 신학과 오충일 목사의 설교, 그리고 고은 시인, 경영학과 오세철 교수, 백기완 선생 등의 조시 낭독이 이어졌다. 이날 장례식의 백미는 전날 가석방으로 풀려난 시국관련 수감자 367명 중 한 명이던 민통련 문익환 의장의 조사였다. 단상에 오른 문 의장은 "전 나이 일흔 살이나 먹은 노인입니다. 이젠 살 만큼 인생을 다 산 몸으로 어제 풀려나와 보니까 스물한 살 젊은이의 장례식에 조사를 하라고 하는 부탁을 받았습니다" 하고 말문을 열었다. 그리고 이렇게 이야기했다.

"밤을 꼴딱 새면서 아무리 생각을 해도 할 말이 없었습니다. 그래서 이 자리에 이한열 열사를 비롯한 많은 열사들의 이름이나 목이 터져라 부르고 들어가려고 나왔습니다."

문 의장은 전태일 열사를 호명하는 것으로 시작해 열사 스물다섯 명의 이름을 차례로 불렀다. 그가 마지막으로 갈라진 목소리로 피를 토하듯 "이한열 열사여!"를 외치자 좌중의 어깨는 울음으로 들먹였다.

그때 갑자기 이한열의 어머니가 순서에 없던 발언 시간을 요청했다. 어머니는 통곡하며 말문을 열었다.

이한열의 영결식 때 단상에서 "한아, 가자, 광주로 가자"며 오열하는 배은심 여사

"여기 많이 모이신 젊은이들이여! 불행한 우리 한열이 가슴에 맺힌 민주화를 성취시켜 주시기를 바랍니다. 이 살인마! 현 정치… 살인마들은 물러가거라! 현 정부는 물러가거라! 물러가–! 우리 한 열이는 이 세상에 없다. 우리 한열이는 없어. 전두환이, 노태우 살 인마! 살인마는 물러가라! 한열아, 한열아–! 다 이제 풀고 가라, 다 이제 풀고 가. 이 많은 청년들이 네 가슴에 맺힌 한을 풀어줄 거야. 안 되면 엄마가 갚을란다. 안 되면 엄마가 갚어… 한열아, 한열아! 가자, 광주로…. 한아, 가자, 우리 광주로 가자." [20]

울림터 회원들이 안치환이 작곡한 이한열 추모가를 불렀고, 연 세대 음대생들로 구성된 합창단이 조가를 불렀다. 장내는 출렁이는 울음바다가 되었다.

---

[20]   장례식에서 나온 모든 발언 내용은 YBS의 녹음으로 남았다. 이를 바 탕으로 쓰인 『이한열, 유월하늘의 함성이여』 89~119쪽에서 해당 내 용을 확인할 수 있다.

옷 속에 숨긴 낫

2시간에 걸친 영결식이 끝나고 이애주 교수의 한풀이 춤 공연이 이어졌다. 중요무형문화재 제27호 승무 이수자이기도 한 이애주 교수는 그해 6월 26일 서울대에서 열린 민주화 대행진 출정식 때 춘 '바람맞이 춤'으로 큰 화제를 모았다. 그리고 이한열의 장례식에서 다시 한 번 그의 한 맺힌 원혼을 달래기 위해 '한풀이 춤'을 추기로 했다.

이애주 교수는 연세대 교문 앞에서 온몸으로 '한恨'을 그렸다. 풍물패의 장단에 맞춰 이한열이 최루탄에 맞고 죽는 장면을 재연했다. 멍석에 말린 한열이 멍석을 헤치고 일어나는 모습, 민중의 힘으로 다시 일어나는 모습을 그려 냈다. 하늘로 펄쩍 뛰고, 손을 뻗치고, 몸을 휘돌리고, 땅에 쓰러지고, … 그러다 광목 한 필을 이한열이 쓰러진 곳까지 길게 펼쳤다. 몸서리치듯 베를 세 번 나눠 가며 갈랐다. 이한열의 큰누나가 베 자락의 옆에 주저앉아 오열했다. 이 애주 교수도 한열이 쓰러진 자리에서 정신을 잃었다. 그런데 그렇게 쓰러진 채 일어나지 못하던 그에게 예상치 못한 일이 벌어졌다.

"그렇게 정신을 못 가누고 앉아 있는데 누군가 내게 다가와 '이 제 일어나야지' 하고 말을 걸어온 거야. 고개를 들고 보니 흔히 '몸 빼'라고 부르는 작업용 바지에 짧은 치마를 겹쳐 입은, 허름한 차림 의 할머니였소. 신촌시장에서 일하시는 분 같았습니다. 수십만 명 이 모인 인파를 뚫고 어떻게 그 노인분이 내가 쓰러진 자리까지 오 셨을까 궁금했죠."

이애주 교수의 춤이 끝나자 대형 태극기를 앞세운 이한열의 운 구 행렬이 학교를 출발했다. 학생들이 전날 밤새 제작한 300여 개 의 만장이 그 뒤를 따랐다. 태극기를 잡고 운반한 이들 역시 만화사 랑 식구들이었다.

학교에서 신촌로터리로 이동하는 데만 한 시간이 걸렸다. '양 김 씨'로 일컬어지는 김영삼, 김대중도 행렬의 맨 앞에 함께했다. 어 디나 사람으로 꽉꽉 들어찼다. 건물 창문마다 사람들이 매달려 내 려다봤고, 지하철역 지붕 위도 사람들로 가득 찼다.

이 와중에도 총학생회는 경비에 잔뜩 신경을 곤두세웠다. 언제 어디서든 최루탄이 터지고 경찰이 들이닥칠 수 있었기 때문이다. 경찰이 경비의 허점을 노리고 이한열의 시신을 빼앗아 갈지도 모를 일이었다.

연세대 교문 앞에서 한풀이 춤을 추며 베 가르기를 하는 서울대 이애주 교수. 베 끝자락에 이한열의 큰누나가 주저앉아 오열하고 있다(ⓒ정태원=로이터통신).

이한열의 영결식을 보기 위해 연세대 안팎은 물론 신촌까지 가득 메운 추모 인파(ⓒ정태원=로이터통신)

장례 당일의 경비 대책에 대해서는 며칠 전부터 많은 고민이 있었다. 국민운동본부 측 장례준비위원으로 참여했던 서울대교구 소속의 한 젊은 신부와 연세대 총학생회 기획부장 장운이 학생회관 3층 대의원실에 앉아 머리를 맞대고 대책을 논의했다. 학생회관 내에서는 어느 공간이든 경찰로부터 도청을 당할 위험이 있었기 때문에 두 사람은 마주 앉아 필담을 나눴다.

신부: 우리 신부, 수녀 들이 맨 앞줄에 서겠다. 우리는 무기를 들 수 없는 신분이니 경찰이 달려오면 그 자리에 누워 잡혀가겠다. 하지만 학생들은 경비 대책을 따로 세워야 한다.
장운: 돌과 화염병을 준비해야 하지 않을지….
신부: 경찰력과 어느 정도 거리가 확보되어 있다면 모를까, 근접 싸움에서는 돌과 화염병은 어림없다. 무장을 해라!

장운은 깜짝 놀라고 말았다. 로만 칼라를 한 성직자에게서 이런 과격한 발언이 나오다니! 하지만 당시는 그만큼 위중한 상황이었다. 장운의 머릿속에는 퍼뜩 영화 《미션》에서 자신의 원주민 신도들을 지키기 위해 총을 들고 나섰던 신부의 모습이 떠올랐다.

장례 경호를 맡은 현경택도 고민에 빠졌다. 장례 도중 경찰이 시신을 빼앗아 가는 일은 절대 용납할 수 없었다. 그렇다고 각목처럼 눈에 띄는 호신 장구를 들고 장례에 참여하기는 어려웠다. 돌이나 화염병도 근접 공격을 하는 전경을 막는 데는 소용이 없었다. '눈에 띄지 않으면서도 효과적인 호신 장구로 어떤 것이 있을까?' 그때 그의 머릿속에 떠오른 것이 바로 낫이었다.

낫은 그 외양이 주는 위협 효과가 대단했다. 장난으로라도 낫을 치켜들면 상대방이 겁을 먹고 쉽게 다가오지 못했다. '이 낫을 상여를 보호하는 학생들 옷 안에 숨기자! 만에 하나 저들이 한열이를 빼앗아 가려고 하면 이 낫을 들고 한열이를 지키자!' 그야말로 목숨을 내건 비장한 결의였다. 그런 만큼 상여를 경호하는 이들은 학생 운동권 중에서도 가장 믿을 만하고 성실한 학생들로 구성되었다.

그러나 양복을 입고 속에 낫을 숨길 수는 없었다. 그러면 낫을 차고 있는 게 겉으로 훤히 드러날 수밖에 없었다. 그래서 현경택이 생각해 낸 것이 무명으로 지은, 품이 넉넉한 농민옷을 입고 그 속에 낫을 숨기는 방법이었다.

현경택은 당장 여학생들을 동원해 모래내 시장 대장간에서 낫을 수십 개 사왔다. 날카롭게 날도 갈았다. 날이 선 채로 옷 속에 낫을 숨기고 있으면 다칠 위험이 있었기 때문에 광목으로 날을 칭칭 동여맸다. 그리고 농민옷 속에 그 낫을 숨겼다. 이것은 장례를 준비하는 사람 중에서도 극소수만 알고 있는 비밀이었다.

다행히 장례 행렬이 시청까지 가는 동안 경찰력이 동원되는 불상사는 없었다. 아니, 그럴 수 없는 상황이었다. 수십만의 인파가 길거리를 가득 메워 경찰이 접근하려야 할 수 없었기 때문이다. 육교와 지하철역 지붕까지 사람들이 올라간 상황에서 최루탄이라도 터졌다가는 인명피해가 날 상황이었다. 사람들의 물결은 인도고 도로고 구분 없이 이어져 시청으로, 시청으로 향했다.

운구차와 영정 그림, 수많은 만장과 '이한열 부활도'가 선두에 나섰다. 부활도를 들고 가는 학생 중에는 후에 소설가가 되는 이한열의 경영학과 동기 김영하도 포함되어 있었다. 이러한 장례 행렬은 전에 볼 수 없었던 큰 규모와 형식을 갖추고 있었고, 이후 열사 장례식의 전범이 되었다.

장례 행렬이 시청으로 이동하던 중에 아현동 고가도로 앞 육교에서 보기 드문 광경이 펼쳐졌다. 영정차 머리가 육교에 걸릴 위험에 처했던 것이다. 이대로는 영정차가 육교를 지나칠 수 없었다. 그러자 영정차를 몰고 가던 기사는 차를 세웠고, 학생들은 영정차에 세워진 영정 그림을 뒤로 눕혔다. 그리고 차가 가뿐히 육교 밑을 지나간 후 그림도 다시 세워졌다. 이 광경에 사람들은 환호하며 박수를 보냈다.

작가 최병수는 영정차에 설치할 그림 거치대를 제작할 때 일반적인 육교의 높이가 4.4미터라는 것을 감안했다. 그러나 혹시나 실제 육교 높이가 이보다 낮을 수 있다는 것, 그리고 장지인 광주까지 영정차가 가야 할 것을 대비해 영정 그림을 고정하는 부분에 경첩을 달았다. 과연 아현동 육교 부근은 도로 공사 때문에 지면이 솟아 있었고, 지면에서 육교까지는 4.4미터가 채 되지 않았다. 최병수의 치밀함 덕에 영정차는 육교 밑을 그렇게 별 탈 없이 통과할 수 있었다.

수십만 인파와 함께하는 장례 행렬을 이끌려면 많은 앰프 스피커가 필요했다. 총학생회는 자체 보유한 스피커, 응원단 앰프 등 학교에서 동원할 수 있는 모든 장비를 동원했다. 당시 서대협 의장이던 고려대 총학생회장 이인영은 음향 시설이 부족할 것을 예상하고 김영삼 민주당 총재 사무실로 불쑥 찾아가 스피커를 빌려줄 것을 요청하기도 했다. 그러자 당시 사무실에 있던 최형우 의원이 두말없이 스피커를 빌려줬다고 한다.

스피커를 이럭저럭 확보하자 이제 전력 공급이 문제였다. 장례식이 끝난 후에도 시가 행렬이 있었다. 이때 구호를 선창하거나 추모 음악을 틀며 군중들을 선도하려면 방송 차량을 운행해야 했다. 적어도 차량이 신촌로터리까지는 가야 했다. 결국 총학생회 기획부장 장운은 평소 '앙숙' 관계였던 서대문경찰서에 전력 공급을 요청했다. 서대문경찰서는 이한열의 사망 소식이 알려지자마자 '압수할 물건: 이한열의 시신 1구'라는 압수수색검증영장을 들고 세브란스병원으로 찾아와 시신을 빼앗아 가려고 했던 곳이다. 학생들을 향해 직격 최루탄을 쏘게끔 명령을 내렸다는 비난 여론 때문에 서장이 직위 해제되는 악연을 가졌던 곳이기도 하다. 그럼에도 서대문경찰서는 순순히 총학생회의 부탁을 들어줬다. 로터리 근처 파출소에서 전선을 빼 주기로 했다. 단, 앰프를 파출소 앞에 놓지 않고 전선이 어

작가 최민화의 '이한열 부활도'를 앞세우고 시청 앞 광장을 향해 나아가는 장례 행렬. 그림을 짊어지고 가는 사람 중에는 나중에 소설가가 된 김영하도 있었다. 이 사진은 당시 연세대 3학년이던 임종규가 찍었다.

디서부터 나왔는지 출처를 알 수 없게 해달라는 단서를 붙였다. 즉 협조는 해 주되 윗선에 알려지지 않게 해달라는 부탁이었다. 장운은 그 부탁을 지켰다. 서대문경찰서의 '전원 지원'은 30년이 지난 지금까지 알려지지 않다가 이 지면을 통해 처음 공개되는 일이다.

한편 민주당에서 스피커를 공수해 온 이인영은 인근에서 눈에 띈 지프차에 도움을 요청해 전력을 공급받았다. 기껏해야 40~50미터 전진하는 데 불과했지만, 시민의 도움을 받아 스피커 방송을 할 수 있었으니 고마운 일이 아닐 수 없었다. 나중에 이인영이 그 차 주인을 다시 만나 감사와 함께 미안함을 전하자 차 주인은 "그날 차가 조금 손상되기는 했지만, 역사적인 순간에 함께할 수 있었다는데 큰 보람을 느낀다"고 답했다.[21]

추모 행렬은 시청 앞에서 정오에 노제를 열기로 했다. 그러나 예상치 못한 많은 인파가 현장에 몰리면서 행사는 3시간이나 지연되었다. 그럼에도 시민들은 자리를 뜨지 않고 커다란 사람의 바다를 이루었다. 그 바다에는 약 100만 명이 흘러넘치고 있었다. 북쪽으로는 세종대로사거리와 무교동, 서쪽으로는 서대문과 서소문, 남쪽으로는 남대문, 동쪽으로는 을지로입구까지 사람으로 가득했다. 발 디딜 틈이 없었다.

이날 많은 사람이 저마다 카메라를 들고 역사적인 현장을 기록으로 남겼다. 연세대 사진·영상 동호회 '연영회' 소속 학생들과 학

---

21   『6월항쟁 서른 즈음에』 215쪽 참고

내 언론 및 신문사 기자들은 물론이요, 일반 시민들도 일부러 카메라를 들고 나와 현장 사진을 찍었다. 시내 직장인들도 점심시간을 이용해 카메라를 들고 시청 앞으로 나왔고, 시청 앞 플라자 호텔에 머물고 있던 이들도 호텔 창문을 통해 사진을 찍어 남겼다.

그중 한 사람이 미국에서 작곡가 겸 지휘자로 활동하다가 연주 때문에 일시 귀국해 플라자 호텔에서 숙박했던 백효죽이다. 자신도 연세대학교 신학과 재학 시절 4.19를 맞아 경무대를 향해 행진했던 기억이 있었기 때문에 후배인 이한열의 죽음에 가슴이 뜨거워질 수밖에 없었다. 그래서 그는 장례 행렬을 향해 더욱 열심히 카메라 셔터를 눌렀다.[22]

당일 안기부는 시청 인근 고층 건물의 진입을 철저히 통제해 사진 기자들이 그 위에서 장례 사진 찍는 것을 막았다. 당시 〈한국일보〉 사진부에 소속되어 있던 고명진 기자는 높은 곳에서 인파를 조망한 사진을 꼭 찍고 싶었지만 시청 인근 거의 모든 고층 건물의 출입이 통제된 상황이라 전전긍긍하기만 했다. 장례 취재를 나와 열심히 셔터를 누르면서도 내내 아쉬워하고 있었다.

그러던 와중에 한 외신 기자가 시청 옆에 위치한 건물(현 국가인권위원회) 안에 막무가내로 뛰어들어 갔다. 그 건물을 지키던 경비원은 영어를 못해 외신 기자를 저지하지 못한 데다가 입구를 계속 지켜야 하다 보니 감히 그 기자를 잡아올 엄두를 못 냈다. 이 광경을 본 고명진 기자는 바로 기지를 발휘했다. '당신이 문책을 받을

---

22   이후 한국에 돌아와 한국예술종합학교에서 초빙교수로 후학을 가르치던 백효죽은 76세가 되던 2016년에 오랜 한국 생활을 정리하고 미국으로 돌아갔다. 이때 그는 오래된 짐을 정리하다가 29년 전에 찍었던 이한열의 장례 사진들을 발견해 이한열기념사업회에 기증했다. 이로써 그가 찍은 사진들은 근 30년 만에 빛을 볼 수 있었다.

안기부는 언론사 기자들의 고층 건물 출입을 모두 통제했다. 그러나 〈한국일보〉 고명진 기자는 기지를 발휘해 현재의 국가인권위원회 건물로 진입해서 이 사진을 촬영했다 (ⓒ고명진).

수도 있으니 내가 쫓아 들어가서 저 사람을 데려오겠다'며 경비원에게 접근했던 것이다. 경비원에게 카메라 가방을 맡기지 않으면 자기 역시 건물에 들어가지 못할 게 뻔했기 때문에 카메라 가방을 내려놓고 건물 안으로 들어갔다. 그런 그에게는 경비원이 보지 못하는 쪽 어깨에 다른 카메라 한 대가 더 들려 있었다. 그렇게 그는 고층 건물 위에서 귀중한 사진 한 장을 찍을 수 있었다.

시민들과 학생들은 서울시청에 조기弔旗를 게양해 달라고 요청했지만 거부당했다. 그러자 한양대학교 총학생회장 김병식을 비롯한 몇몇 학생들이 건물 옆에 달린 빗물 홈통으로 올라가 직접 반기를 걸었다. 건너편 플라자 호텔 태극기도 학생들이 반기로 게양했다. 뒤이어 프레지던트 호텔에도 반기가 게양되자 시민들이 환호성을 질렀다.

그러나 예정된 행사를 제대로 치를 시간이 없었다. 서둘러 노제만 지내고 운구차를 광주로 보내야 했다. 학생들과 교직원들이 탄 대형버스 18대, 장례위원 승용차 10대, 보도 차량 30여 대 등 60여 대의 차량이 예정보다 늦게 광주로 출발했다. 이한열의 지도교수로 27일간 제자의 병상을 지켰던 이완수 교수를 비롯한 상경대 교수들, 이한열의 주치의였던 정상섭 박사와 세브란스 병원의 의료진들도 버스에 승차했다. 연세대 음악대학 학생들은 광주에서 진행될 영결식에 참여하기 위해 트럭을 대절해 악기를 싣고 갔다. 일부

남학생들은 귀중한 악기를 보호하기 위해 트럭 뒷자리에 올라타기
도 했다.

차가 광주를 향해 출발했을 때 배은심 여사는 가족용 차량에
함께 탄 학생처장 정진위 교수에게 통곡하며 말했다.

"6.29선언이 한 달만 빨리 발표되었더라면 우리 이한열이가 죽
는 일은 없었을 것이 아니오!"

재수를 위해 1985년 초 상경한 이래 2년 반 동안 이어진 짧은
서울 생활을 마감한 이한열은 그렇게 어머니의 회한을 안고 광주로
가는 마지막 여정에 올랐다.

많은 군중이 몰리다 보니 장례위원회로서는 일사불란한 지휘
가 어려웠다. 광주행 버스가 출발할 때도 그 출발 소식이 모든 구성
원에게 제대로 전달되기 어려웠다. 함께 광주로 가기로 한 사람 중
누가 차에 탔는지 안 탔는지 아무도 확인할 겨를이 없었다. 각자
알아서 탔으려니 짐작하고 출발할 수밖에 없었다.

그러다 보니 역사적인 순간을 사진에 담으려고 부지런히 카메
라 셔터를 누르고 있던 호상 김찬국 교수가 버스에 미처 타지 못했
다. 시청 앞 광장에서 또 한 번의 한풀이 춤을 준비하던 이애주 교
수도 마찬가지였다. 이애주 교수는 너무 늦어진 일정과 인파 때문
에 춤을 추는 것은 불가능하다고 판단하고 광주로 내려가는 버스
를 찾았지만, 버스는 이미 출발한 후였다.

"어떻게든 광주로 가야 했어요. 그래서 춤을 추려고 입었던 소복 차림에 맨발로 택시를 잡아타고 고속버스터미널로 갔죠. 그런데 택시에서 내릴 즈음에야 돈 한 푼 없다는 사실이 떠오른 거예요."

이애주 교수는 이때 자신이 택시 기사로부터 험한 말을 들었는지, 아니면 택시 기사에게 사정 얘기를 해서 이해를 구하고 돈을 내지 않았는지 기억하지 못한다. 어서 광주로 가야 한다는 생각에 정신이 하나도 없었기 때문이다. 그런데 터미널까지 갔어도 광주행 버스를 타는 것 역시 문제였다. 이애주 교수는 버스 기사에게 이러저러한 사정으로 차비는 없지만 한열이 장례에 꼭 가야 한다, 태워 달라고 사정했다. 하지만 기사는 안 된다고 거절했다. 차림새도 이상한 여인이 돈 한 푼 없이 버스에 타겠다고 하니 그럴 만도 했다.

그때부터 알지 못하는 시민들의 도움이 이어졌다. 이 교수가 기사에게 하는 이야기를 곁에서 듣던 한 승객이 이 교수 대신 차비를 내줬다. 광주로 가는 도중 휴게실에 들렀을 때는 또 다른 승객이 이 교수에게 국밥을 사 주기도 했다. 그렇게 우여곡절을 겪으며 이애주 교수는 광주 땅에 도착할 수 있었다.

운구 차량은 순찰차의 안내를 받으며 고속도로를 달렸다. 라디오 중계를 듣고 운구 행렬이 자기 도시를 지나는 시각을 파악한 시민들이 길가에 나와 행렬을 맞았다. 주요 톨게이트마다 그 지역 시민단체에서 만들어 내건 플래카드가 걸려 있었고, 많은 사람이 행렬에 박수를 보내거나 손수건을 흔들었다. 열혈 시민 4명은 콜택시를 전세 낸 차 앞에 스프레이로 '한열이를 살려내라'고 쓰고 광주까지 따라와 눈길을 끌기도 했다. 지나던 경찰은 행렬을 보고 경례를 붙이기도 했다.

한편 이렇게 운구 행렬이 광주로 떠난 후로도 서울시청 앞에는 약 30만 명의 시민과 학생들이 남아 "한열이를 살려내라"를 비롯한 여러 구호를 외치며 제자리를 지켰다. 서울에 남은 서대협 의장 이인영은 군중에게 청와대 쪽으로 행진하자고 말했다.

그러나 이미 이순신 장군 동상 앞 큰길은 페퍼포그와 경찰 병력이 가로막고 있었다. 시청에서 청와대 방면으로 이어지는 북진만은 절대 허용할 수 없었던 경찰은 결국 어마어마한 수의 다연발탄을 쏘아 대기 시작했다. 시청 앞은 금세 아수라장이 되었다. 100만 군중이 이리저리 흩어져 도망쳤다. 그런 와중에 작가 최민화가 만든 '이한열 부활도'는 파손되고 말았다.

군중은 곧 흩어졌지만 일부 학생들이 남아 산발적 시위를 벌였다. 그러나 6월항쟁 기간에 볼 수 있었던 수십만 군중의 시위는 그날도, 그 후로도 도심에서 재현되지 않았다. 시내에는 주인을 잃은 채 나뒹구는 신발이 여기저기 눈에 띄었다. 인근 상인들이 신발을 주섬주섬 주워 모았고, 시위 도중에 신발을 잃은 학생들은 이 중 대충 발에 맞는 것을 찾아 신고 집으로 돌아갔다.

그의 나이, 스물둘

늦어지는 운구차를 기다린 광주 역시 서울시청 앞처럼 열기로 가득했다. 광주는 전남 화순에서 태어난 이한열이 네 살 때부터 쭉 자라온 고향과도 같은 땅이었다. 이한열은 '광주의 아들'이었다. 평범하게 공부에만 전념했던 소년 이한열에게 사회적 의식을 일깨워준 것도 '5월 광주의 기억'이었다. 그를 기다리는 광주시민들의 마음은 절명한 아들을 기다리는 부모의 심정과 다름없었다.

민주헌법쟁취국민운동 전남본부(이하 '전남국본')가 이한열의 장례 준비에 자기 집안일처럼 나섰던 것도 그 때문이다. 이한열의 사망 소식을 들은 다음 날 전남국본의 배종렬 공동대표, 김영진 공동대표 등이 장례 준비를 위해 서울 세브란스 병원으로 달려왔고, 이후 많은 전남국본 관계자가 서울에서 광주까지 이어진 운구 행렬에 참여하기 위해 개별적으로 서울에 올라왔다.

7월 9일 장례식에는 광주 및 인근의 시도민 약 50만 명이 참석했다. 고속도로 진입로부터 광주 운암동 진흥고등학교, 도청 앞 금남로까지 10여 킬로미터의 도로가 사람으로 가득 찼다. 당시 광주시 인구가 80만이었는데, 이때 모인 50만의 인파는 광주시 역사상 가장 많은 사람이 모인 기록이라는 이야기까지 있다.

이한열의 마지막 길을 배웅하는 데는 남녀노소 구분이 없었다. 전남대학교와 조선대학교 학생들은 전날부터 추도대회를 열고 다음 날 열릴 장례에 참석할 것을 결의했다. 이한열이 졸업한 광주 진흥고등학교 재학생들은 8일부터 가슴에 검은 상장을 달고 등교했다. 당시 진흥고에서 영어를 가르치던 28세의 교사 김동욱은 학교에 설치된 이한열의 빈소를 관리했다. 그는 당시를 이렇게 기억한다.

"진흥고를 졸업한 선배이기도 해서 자연스레 그 일을 맡게 되었어요. 학교 측이나 학생회나 누가 먼저라 할 것 없이 이한열의 빈소를 차리고 검은 리본을 달자는 합의가 이뤄졌죠."

장례일 추도식이 열릴 금남로에 가장 먼저 와서 연좌를 시작한 이들은 광주 지역 노인회 소속 노인 500여 명이었다. 택시기사 300여 명은 일제히 택시로 가스 폭발음을 내며 추모의 뜻을 표했다. 수많은 깃발이 거리를 뒤덮었다. 5.18광주의거청년동지회, 민중문화연구회, 기독교청년회전남연합회, 전남기독교농민회….[23]

---

23   『이한열, 유월하늘의 함성이여』 77쪽의 인용을 재인용

광주 전남도청 앞 이한열의 추도식장에 모인 사람들(사진 제공: 광주전남6월항쟁기념사업회)

서울에서 출발한 운구 행렬의 도착이 너무 늦어지자 오후 5시경 추도식이 먼저 시작되었다. 추도식 진행은 홍남순 변호사가 맡았다. 그런데 홍 변호사가 대회사를 읽기 시작한 5시 55분경 추도식 제단 앞 흰색 만장에 파랑새가 날아와 앉았다. 그리고 '민주헌법 쟁취하여 우리국민 살길찾아'라고 쓰인 만장 위에 무려 15분을 앉아 있었다. 이어 무대에 오른 전남대 김승남 총학생회장은 "이한열 열사의 넋이 이름 모를 파랑새가 되어 이곳에 날아와 앉았다"고 말했다. 당시를 기억하는 이들은 '정말 신비한 일'이었다고 지금도 말한다.

전남도청 앞에서 추도식이 진행되는 동안 이한열의 운구 행렬은 광주 진흥고에 도착했다. 진흥고 보이스카우트 대원 20여 명이 교기를 들고 선배를 맞았다. 진흥고 건물에는 검은 대형 상장이 둘러쳐져 있었다.

운구 행렬은 간단한 노제를 마치고 도청으로 향했다. 광주시민들은 운구차를 붙들고 통곡했다. 행렬이 앞으로 나아가는 게 힘겨울 정도였다. 행렬은 해가 저문 후에야 겨우 장지인 5.18묘역으로 향했다.

한편 이한열의 죽음에 더 이상의 정치적 의미가 부여되는 것을 두려워한 정부는 이한열의 시신을 일반 묘역에 묻을 것을 주장했다. 일반 묘역인 제6묘역에 무려 9평에 이르는 넓은 부지를 마련하고 장지로 제시했다. 이에 이한열의 묏자리 마련을 위해 동분서주

광주 전남도청 앞에서 열린 추도식 중 새 한 마리가 만장 위로 날아와 앉았다. 새는 15분간 만장 위에 앉아 있다 날아갔다.

이한열의 모교 광주 진흥고에서 열린 영결식(사진 제공: 광주전남6월항쟁기념사업회)

하던 전남국본은 격렬히 반대했다. 광주의 아들이자 6월항쟁을 상징하는 이한열을 일반 묘역에 안장해서는 안 된다. 그의 희생이 의미하는 바를 기리려면 그를 5.18희생자들이 묻힌 묘역에 묻어야 한다는 것이 이유였다. 학생들의 뜻도 마찬가지였다.

그러자 정부 당국은 전남국본에서 주장하는 5.18묘역의 예정지(현 민족민주열사묘역)가 파묘된 곳이기 때문에 그곳에 묘를 쓰면 안 된다고 주장했다. 실제로 이한열 아버지의 위임을 받은 이한열의 당숙과 연세대 윤광수 시설과장이 이곳을 둘러보고 이미 장지로 잠정 결정한 상태이기도 했다. 학생들과 전남국본 측은 유족들 설득에 나섰지만 이견을 좁히기 어려웠다. 결국 정부가 지정한 묘역과 전남국본이 물색한 묏자리 두 군데 모두 땅만 파 놓고 기다리다 마지막 순간에 결정하기로 했다.

전남국본으로서는 이한열의 사망진단서를 당장 구해야 했다. 사망진단서가 있어야 5.18묘역에 매장 허가를 받을 수 있었기 때문이다. 그러나 유족들로부터 미리 사망진단서를 받지 못한 데다가 장례일이 닥쳐 누군가 서울에서 직접 사망진단서를 새로 발급받아 광주까지 오기에는 시간이 빠듯했다.

이에 전남국본 최평지 사무차장과 김상집 재정국장은 우선 광주 YWCA 옆 LG전산에 연락해 사망진단서를 팩스로 전달받고자 했다. 당시에는 팩스 사용이 일반화되지 않아 팩스 기계를 찾는 것조차 쉽지 않았다. 그런데 정보기관은 어떻게 알았는지 이미 LG전산에 전남국본의 요청을 들어주지 말라고 협박전화를 한 상태였다. 이에 LG전산 직원들은 퇴근해 버리고 없었다.

　김상집 재정국장은 이번에는 정보기관의 눈을 피해 광주 신안동에 있는 신도리코 대리점을 찾아갔다. 그리고 대리점 사장에게 팩스를 사려고 하는데 성능을 확인하고 싶다며 시험 전송을 받아보겠다고 요청했다. 신도리코 대리점 사장은 무심코 이를 승낙했다. 연세대 장례식장에서는 김상집 재정국장의 연락을 받고 사망진단서를 떼어 팩스로 보냈다. 사망진단서 팩스 용지를 본 신도리코 대리점 사장은 깜짝 놀랐다. 전혀 예상치 못한 내용이 있었기 때문이다. 그제야 김상집 재정국장은 자신이 전남국본에서 나온 사람이라며 신분을 밝히고 '이한열의 장례 때문에 부득이 이리 하였노라'고 설명했다. 그 말을 들은 신도리코 대리점 사장은 전남국본이라면 믿는다면서 순순히 사망진단서를 내줬다.

　김상집 재정국장은 사망진단서를 들고 광주 지산동사무소를 찾아갔다. 그런데 동장이 이한열의 매장허가서라면 방금 떼어 줬다면서 그를 동장실로 안내했다. 동장실에는 연세대 교무처장과 시설과장이 이미 매장허가서를 떼고 차를 마시고 있었다. 교무처장과 시설과장은 김 재정국장이 갖고 있는 사망진단서가 자신들의 것과 똑같음을 확인하고는 동장에게 '우리가 먼저 매장허가서를 끊었으니 다시 매장허가서를 끊어 주면 안 된다'고 주장했다. 그러나 김상집 재정국장은 '전남국본에서 이한열 장례준비위원회를 통해 공식적으로 접수한 사망진단서인 만큼 우리에게 매장허가서를 발부해야 한다'고 주장했다. 결국 양측은 따로 매장허가서를 발부받아 망월동묘지관리소에 접수했다. 그리고 곧바로 박관현 열사의 묘소 옆에 땅을 파고 안장식을 준비했다. 이한열의 묘역은 이런 우여곡절 끝에 두 곳이 마련된 상태였다.

한편 장례식에서 상여 경호를 책임졌던 현경택 역시 이애주 교수나 김찬국 교수처럼 미처 버스를 잡아타지 못했다. 그래서 광주로 어떻게 가나, 고속버스를 타야 하나 고민하고 있을 때 그에게 누군가 말을 걸어왔다.

"광주 장지로 가시는 겁니까? 우리도 승용차로 가려고 하는데, 같이 가시지요."

농민옷을 입은 그를 보고 '운구를 맡았던 사람이 분명한데 차를 놓쳤구나' 하고 짐작한 한 시민이 차편을 제공했던 것이다. 그 고마운 시민 덕에 광주에 도착한 현경택은 운구 행렬을 발견하고 나서야 긴장을 조금 풀었다. 서울에서는 이한열의 시신을 빼앗길까 봐 초긴장 상태였는데 이제 운구차가 광주까지 무사히 도착했으니 염려했던 큰일은 벌어지지 않을 터였다. 다소 느긋해진 그는 함께 장례위원으로 활동한 경영학과 동기 송영길(현 더불어민주당 의원)과 대화하며 장지까지 걸어갔다. 그런데 묘지에 당도하자 농민옷을 입은 운구 행렬에 있던 후배 한 명이 황급히 달려와 말했다.

"유족들이 한열이를 5.18묘역이 아닌 일반 묘역에 안장하겠다며 상여머리를 일반 묘역 쪽으로 돌렸습니다!"

운구 행렬이 묘역에 다다랐을 때 유족들, 그중에서도 이한열의 어머니 배은심 여사가 정부가 파묘라 주장한 5.18묘역에 아들이 묻히는 것을 강하게 거부했던 것이다.

"내 아들이 왜 남이 있었던 곳에 묻혀야 하냔 말이요. 그냥 어디가 되었든 새 땅에 묻어 주시오."

오열하며 몸부림치는 어머니 때문에 상여머리에서 길잡이를 하던 상두꾼도 일반 묘역 쪽으로 향할 수밖에 없었다. 그리고 이를 지켜보던 학생 한 명이 경호를 책임졌던 현경택을 찾아 나섰던 것이다.

현경택은 서둘러 상여 앞으로 뛰어갔다. 상여를 멘 이들은 모두 연세대 후배들이었다. 현경택은 "유족들을 설득해 볼 테니, 일단 상여머리를 5.18묘역 쪽으로 돌려라!" 하고 그들에게 말했다. 그리고 어머니를 간곡히 설득하기 시작했다.

"어머니, 안됩니다. 한열이를 일반 묘역에 안장하면 한열이가 희생된 의미가 퇴색합니다. 한열이를 기억하기 위해선 5.18묘역에 안장해야 합니다."

어머니에게는 아무 말도 들리지 않는 것 같았다.

"한열아, 이리로 가자, 엄마랑 가자."

끝끝내 길을 돌이키려고 하지 않는 어머니를 현경택은 뒤에서 껴안아 잡았다.

"어머니, 이러시지 마시고···"

바로 그때, 어머니는 고개를 뒤로 돌려 자신을 몸으로 막고 있던 학생의 뺨을 강하게 깨물었다. 그러자 현경택은 큰 통증을 느낌과 동시에 "으악!" 하고 비명을 질렀다. 그럼에도 계속해서 어머니를 설득했다.

"어머니, 곧 해가 집니다. 날이 저문 다음에 망자를 묻는 법은 없습니다. 아직 해가 남아 있을 때 한열이를 안장시킵시다."

하관 장소에 먼저 가서 유족들을 기다리던 총학생회장 우상호도 부랴부랴 어머니에게 달려가 무릎을 꿇었다. 한열이를 일반 묘역에 묻히게 할 수는 없었다.

"어머니, 이러시면 안 됩니다."

"난 저기가 싫으네. 여기 묻게 해주시오."

다른 학생들도 연달아 무릎을 꿇고 어머니를 설득했다.

"어머니, 우릴 믿어 주시고 5.18묘역으로 가 주십시오."

전남국본 재정국장 김상집도 나서서 열사를 모시려는 곳이 파묘된 곳이 아님을 항변했다.

"저희가 준비한 묏자리는 정부가 주장하는 것 같은 파묘 지역이 절대 아닙니다. 저희가 박관현 열사가 묻힌 곳과 다른 열사가 묻힌 곳 사이에 제대로 된 묏자리를 마련했습니다."

결국 유족들은 학생과 전남국본의 설득을 받아들였다. 이때 어머니는 거의 실신 상태로 상여 주변에서 학생들의 부축을 받으며

광주 망월동 5.18묘역에 안장되는 이한열

간신히 서 있었고, 이한열의 아버지 이병섭 선생은 체념한 듯 "이곳에 묻어버리게" 하고 허락의 말을 전했다. 그리하여 밤 9시 반에야 하관 예배가 시작될 수 있었다.[24]

밤이 이슥해서야 시작된 하관식. 영결식과 노제를 위해 일부러 서울에서 트럭을 타고 왔다가 넘치는 군중 때문에 의식을 거행하지 못하고 있던 연세대 기악과 1학년 이희석은 그제야 트럼펫을 꺼내 진혼곡 한 곡을 이한열에게 바칠 수 있었다. 장례 집행위원장을 맡은 우상호는 많은 사람에게 겹겹이 둘러싸인 관 옆으로 도무지 다가갈 수가 없어 먼발치에서 하관을 지켜봐야 했다. 봉분은 밤 10시 20분까지 계속되었다.

이한열은 그가 어린 시절을 보낸 광주 땅에, 그가 그토록 안타깝게 여겼던 5.18민주화운동의 희생자들 곁에 묻혔다. 언젠가 이한열이 남긴 글에는 "피로 얼룩진 땅, 차라리 내가 제물이 되어 최루탄 가스로 얼룩진 저 하늘 위로 날아오르고 싶다"는 구절이 있다. 그는 정말 그의 바람대로 최루탄 가스에 얼룩진 하늘을 날아올라 어려서부터 자란 광주 땅에 영면하게 되었다.

그의 나이, 스물둘이었다.

24　1980년대 이후 5.18묘역은 이후 '민주의 성지'로서 전 세계의 주목을 받았다. 한때 군사 정권은 묘지 자체를 없애려고 유족들에게 이장을 강요하고 협박하기도 했다. 이후 1994년 김영삼 정부 때 묘지 성역화 사업이 추진되어 1997년 5월 18일 신묘역이 완성되었고, 5.18영령들은 이 신묘역으로 이장되었다. 원래 조성되었던 5.18묘역, 즉 '구묘역'에는 현재 이한열을 비롯해 시인 김남주, 이재호 열사, 박승희 열사, 노수석 열사 등이 안장되어 있다.

에필로그

▬ 어머니

나, 이한열이 엄마예요. 우리 이한열이가 그렇게 떠나고 벌써 30년이네.

나는 그동안 이한열이 엄마로 살았소. 온갖 집회 현장 찾아가서 "나 이한열이 엄마요" 하고 다녔지. 내가 이한열이 이름을 한 번이라도 더 말해야 사람들이 이한열이를 기억하니까. 내가 한열이 이름을 불러주지 않으면 사람들이 잊을까 봐. 그래서 내가 투사가 되었소.

나는 원래 집에서 밥하고 빨래하는 평범한 엄마였소. 그런데 내가 변했어, 이한열이 때문에. 남들이 과격하다고 할 정도로. 내가 온갖 싸움에 다 나갔거든. 내가 왜 그렇게 살았냐면, 아들하고 약속을 했기 때문이요. 내가 이한열이 장례식 때 그랬거든. 장례식에

배은심 여사(오른쪽에서 두 번째)는 아들을 먼저 보낸 후 '투사'로 변신해 민주화를 위한 투쟁 현장에서 부르면 어디든 달려갔다.

모인 그 많은 사람 앞에서 "이한열이 네가 못 다하고 간 거 엄마가 열심히 할란다, 엄마도 싸워야 되겠다"고.

그렇게 약속을 했으니 싸워야지. 단상에서 마이크에 대고 "전두환이, 노태우는 살인마니까 그 원수 내가 갚을란다"라고 했으니 내가 싸워야 했지. 그런데 어째서 죽지도 않네, 저 사람들은.

이렇게 변한 나를 보고 우리 막내가 그래요. "옛날에는 우리 엄마, 저런 엄마가 아니었는데"라고. 그래요, 나 옛날에는 요조숙녀였소. 그런데 그랬던 나를 이한열이랑 세상이 이렇게 변하게 했어. 내가 이한열이 간 뒤 시위현장 다니고 하면서 그동안 몰랐던 것을 많이 알게 되었소. 그래서 변했소.

나는 전라남도 광주에서 살았지만, 그래서 1980년에 총소리도 듣고, 시신도 보고 했지만 그때 희생된 사람들의 가족들이 느끼는 아픔은 미처 몰랐어요. 그런데 내가 자식을 잃고, 망월동 묘역에 다니며 그분들을 만나면서, 내가 그 아픔을 물려받게 된 거요.

우리 이한열이는 온 국민의 추도를 받으면서 망월동에 묻혔는데, 1980년 희생자들은 관도 제대로 못 만들고 그냥 대충 시신을 수습해서 망월동에 모신 거라, 이한열이랑 같은 이 망월동에. 그런 과정을 생각해 보면 같은 슬픔이라도 그분들이 더했을 것 같애. 나는 그런 분들을 만나고, 유가협(전국민족민주유가족협의회) 식구들하고 같이 싸우면서 '이한열이가 이런 걸 위해서 살려고 했구나' 하고 조금씩 느껴 갔어요.

나는 늘 죽음과 삶 그 사이에서 사는 것 같아요. 내가 우리 '한울삶[25]'의 유가협 어머니, 아버지 들하고 숱한 죽음을 함께 보았어요.

1987년 이후에도 많은 죽음이 있었지. 나는 이런 죽음을 만나면 매번 병원에도 달려가고, 하관할 때도 늘 함께했어요. 해마다 추모제를 하면 그것도 꼭 갔어요. 이렇게 살다 보니 나는 죽음을 바로 옆에 두고 살아온 것 같아.

그래서 나는 죽음이 하나도 두렵지 않아. 이젠 얼른 죽어야겠다는 생각도 들어. 어서 가서 만나야지, 아들을. 글쎄, 가면 할 이야기 너무 많을 것 같은데 또 막상 만나면 할 말이 없어져 버릴 것 같아. 미안하잖아요. 아들은 거기서 그렇게 오래 기다렸는데, 어미는 너무 많이 살았잖아요.

또 미안한 건 우리 아들이 쓰러졌을 때 수술 한 번 못 받게 하고 떠나보낸 거여. 병원에서는 수술해도 소용없다고 했지만, 그래도 부모가 무식해서 의사에게 수술을 하자고 계속 주장하지 못한 게 아닌가 싶어서, 만일 수술을 받았다면 살아날 수도 있지 않았을까 싶어서 미안해.

나는 이한열이가 왜 1987년 6월 9일에 거기 서 있었을까 지금도 궁금해. 왜 그랬을까. 숙제예요, 숙제. 내가 늘 그랬거든. "남자가 데모를 아예 안 하면 못쓰고 뒤에서 해라, 뒤에서." 그러면 한열이

---

25   전국민족민주유가족협의회 회원들이 함께 생활하고 모임도 갖는 곳.
      서울 동대문역 근처에 위치해 있다.

는 그렇게 하겠다, 걱정 말라 했지. 그래 놓고서 6월 9일, 그날 데모 대 맨 앞에 서 있었거든.

올해 이한열이가 쓰러지기 직전에 찍었다는 외신 기자 사진이 처음 공개돼서 그걸 봤어요. 거기도 이한열이가 맨 앞에 서 있는 모습이 보이네. 이한열이가 쓰러진 뒤에 찍은 사진에서는 교문 밖에 최루탄 하나가 이한열이 앞으로 조준을 하고 있는 모습도 찍혀 있고. 아이고, 그 사진을 보니까 '바로 이 최루탄이구나, 이한열이를 쏜 게!' 싶더라고. 한편으로 그걸 확인한 게 시원하기도 하고, 또 한편으로는 원통하기도 하고…. 내가 그 사진을 보기가 참 힘들었소.

이한열이가 중환자실에 있는 동안 매일 빌었소. 살아나게만 해 달라. 의식만 돌아오면 내가 평생 휠체어 밀고 다니면서 같이 살텡께. 근데 그게 안 되드만. 나중에 서울의 자취집을 뒤져 보니 책상 밑에 무서운 책이 많이 쌓여 있데. 아르바이트해서 번 돈으로 그런 책을 샀는가 봅소. 내가 그걸 알았으면 학교고 뭐고 안 보냈을 텐데….

우리 집은 사진이 없어요. 한열이 누나들 결혼하고, 애들 낳고… 그랬어도 그 가족사진을 하나도 안 걸어 놓았어. 왜냐, 그 속에 두 사람이 빠져 있잖아. 빈자리가 있잖아. 이한열이도 빠졌고, 그 아버지도 없고. 이한열이 아버지는 1995년에 아들 잃은 화병으로 돌아가셨어. 법 없이도 살, 말 없는 양반이었는데 아들 먼저 보

광주 지산동 집의 이한열이 쓰던 공부방은 그가 대학교에 다니던 당시의 모습을 지금껏
고스란히 간직하고 있다.

내고 풍이 오더니 팔이 마비되고 언어 장애도 오고, 잡숫지도 못하고… 그러다 돌아가셨어. 그렇게 두 사람이 가 버렸으니 어떤 사진을 이 집에 걸어 놓겠소?

대신 이 집은 이한열이 있었을 때 모습 그대로 해 놓고 사는 게 많아. 이한열이가 고등학교 때 들고 다니던 양은 도시락 그릇도 안 버렸소. 우리가 한열이 세 살 먹었을 때 화순 능주에서 이리로 이사를 왔지요. 막내가 고3 때, 이한열이도 서울에서 대학을 다니고 하니까 이 광주 집을 팔아 버리고 서울로 식구들이 이사 갈 생각도 했어요. 그런데 그때 이한열이가 그러데, 자기가 나이 60 되면 여기로 돌아와서 집 새로 지어 살 테니까 그냥 이 집을 놔두자고.

내가 한열이 외의 다른 자식들한테는 미안한 게 많아. 우리 둘째 딸이 대학교 다닐 때 교사 자격증을 땄어요. 그런데 내가 취직하지 말고 서울에 가서 대학 다니는 이한열이 밥해 주라고 한 거야. 내가 그 아들을 그렇게 예뻐했어. 그랬는데 둘째가 싫다고도 않고 밥을 해 주러 갔네. 그러니까 그 딸이 동생을 위해서 희생을 한 거야. 내가 참 미안하지. 다른 두 딸은 모두 지금도 교편 잡고 있어요.

나는 참 고마운 사람이 많아. 학생들한테 그랬어. 연세대학교의 그 많은 학생이 이한열이 때문에 병원 복도에서 신문지 한 장 깔고 무려 27일을 살았던 거요. 남이 아프면 같이 아파해 주는 것을 봤지. 아, 정말 사람이 혼자서는 살 수 없구나, 하고 느꼈소. 그 많은 국민이 지켜 주지 않았다면 이한열이는 여기 망월동으로 못 왔을지도 몰라. 그래서 내가 사람들하고 더불어서 사는 삶을 살게 된 거야.

이종창이도 고맙지. 그 사람 아니었으면 한열이가 쓰러졌을 때 바로 전경들한테 끌려갔을 거 아니오. 그랬다면 이한열이가 왜 쓰러졌는지도 밝혀낼 수 없었을 것이고. 한열이가 종창이보다 키도 큰데, 어떻게 그 무거운 이한열이를 혼자 끌고 갔을까잉? 그게 얼마나 힘들었을까를 아니까 내가 또 고마운 거요.

참말로 여러 사람이 이한열이를 기억해 줍디다. 이한열이가 1987년에 남긴 편지 중에 학교 축제에서 막걸리, 파전 팔아 돈 모아 갖고 철거민들 돕겠다고 쓴 게 있더라고. 그래서 내가 한열이 보내고 나서 명동성당으로 그분들을 찾아갔어요. 진짜 천막 속에서 사람들이 살고 있습디다. 거기 대표 분이 이한열이 얘기를 알고 계시다고 하더라고요.

그러고 나서 세월이 흘렀지요. 그런데 작년인가 재작년인가 우리 유가협의 합동 추모제를 하는 서울광장으로 바로 그분이 찾아오신 거요. 나는 20여 년 전 그분 뵈었다는 사실도 잊고 있었는데, 그분은 자신이 목사가 되었다고 하면서 그 옛날에 우리가 만났던 얘기를 하는 겁니다. "그걸 아직도 안 잊었어요?" 하고 물으니 "어떻게 잊을 수가 있나요" 하고 대답을 하세요.

JTBC 손석희 사장도 이한열이를 기억해 주고 있지. 1988년에 MBC가 파업을 할 때 내가 그 회사로 지지 방문을 갔단 말이오. 그때 손석희 씨가 노동조합에서 무슨 직책을 맡고 있었지. 그즈음에 주변 사람들이 그런 얘기를 많이 했소. 우리 이한열이랑 손석희 씨가 많이 닮았다고. 그래서 내가 그때 손석희 씨를 만나 그 얘기를 했지. 그랬더니 손석희 씨가 대답합디다.

"예, 어머님, 그렇지 않아도 저도 그런 얘기를 많이 들었습니다."

손석희 씨가 MBC에 있을 때도 그랬고, JTBC로 가서도 참 열심히 잘했어. 특히 작년 겨울에 최순실이 사태 보도하는 거 보면서 참 잘한다, 잘한다 싶었고 정말 고맙습디다. 한편으로는 저렇게 열심히 하다 혹시 나쁜 마음먹은 사람들한테 해코지당하면 어떻게 하나 걱정도 했고. 나는 그때 그 생각을 했지요. 내가 우리 한이더러 그렇게 데모하지 말라고 했지만, 만일 우리 한이가 지금까지 살아 있었다면 저 손석희 씨처럼 살려고 하지 않았을까, 하고 말이오.

손석희 씨는 잊어 버리지 않고 내 건강이랑 안부까지 챙겨줍디다. 지난여름, 이한열이 30주기 추모제를 연세대학교에서 하고 문화제가 열리는 시청 앞 광장으로 갔는데, 그때 손 사장한테서 전화가 걸려 왔어요. 아이고, 우리 한이 쓰러진 날을 기억해서 나한테 안부를 물으려 일부러 전화를 한 거요. 한참 통화하며 잘 싸워 줘서 고맙다고 인사했지.

내가 가장 고마워하는 사람이 우리 우상호요. 우상호는 우리

어머니가 많이 닮았다고 말하는 이한열(왼쪽)과 손석희 JTBC 사장의 젊은 시절 모습

아들 보내고 나서 아들 노릇을 대신해 왔소. 이한열추모사업회 만들어서 사무국장으로 일하고, 한울삶에서 나랑 함께 먹고 자고, 해마다 추도식 열리는 날이면 광주 같이 내려가서 우리 식구 역할하고…. 지난 30년 동안 우상호가 광주 추도식 못 온 게 딱 두 번인가 그래. 내가 이제 자네는 나라의 큰일을 하고 있으니까 광주까지 안 와도 된다고 말은 하지만, 그게 상호가 오지 않으면 또 그렇게 서운해. 어떻게 할 수가 없어.

우상호가 그렇게 아들 노릇을 하니까 우리 손주들이 우상호를 보고 '상호 삼촌, 상호 삼촌' 이렇게 부른다오. 나는 우상호가 국회의원 한다고 그럴 때도 '이제는 이한열이 때문에 지고 있는 짐 좀 덜고 자기 갈 길 걸어야지' 싶어서 열심히 지지했고, 누가 우상호 정치하는 거 보고 욕하면 막 화가 나서 왜 그러냐고 따져. 왜냐고요? 아들이나 다름없으니까.

우상호 어머니(박병희 여사)하고도 알고 지냈지요. 우상호가 1987년 8월에 이한열 49재를 지낸 다음에 법원이 이한열을 죽게 한 경찰들에 대한 고발을 기각했다고 항의하러 시내 나갔다가 잡혀요. 그래서 우상호를 석방시키라는 집회를 연세대 학생들이 열었는데, 거기에 내가 갔지. 거기에서 우상호 어머니하고 알게 되었소.

우상호 어머니는 당신 아들이 구속된 상태인데도 나한테 위로부터 건넵디다. "우리 아들이 댁의 아드님을 못 지켜드려서 정말 미안합니다" 하고. 아이고, 우리 아들 때문에 그 댁 아들이 잡혀간 건

서울 신촌로터리에 위치한 이한열 기념관

데…. 그 뒤로 민가협 활동도 같이 하고, 자주 봤어요.

그런데 이 어머니가 글쎄 2013년 6월 9일에 돌아가신 거라. 이한열이가 쓰러진, 바로 그 같은 날에 말이오! 아이고 상호야… 6월 9일이 너랑 무슨 원수가 졌냐, 싶었소.

이 우상호랑 또 여러 사람이 같이 2004년에 신촌에다 이한열기념관이라는 것을 지었소. 나는 기념관이라고 부르는 게 좀 거시기해서 여기를 '작은집'이라고 불러. '이한열이 작은집.' 여기 사람들이 참 많이 이한열이를 기억하고 찾아옵디다. 정말이지 고마운 일이요.

그리고 연세대학교 안에는 이한열이 기념비도 있어요. 1988년에 추모비를 세웠는데, 그게 너무 낡아서 2015년에 여러 사람이 돈을 모아서 기념비를 새로 만들어 주었지요. 그렇게 학교 안에 이한열이를 기념하는 자리를 만들게 해 준 연세대학교도 참 고마운 학교입니다.

지난겨울에 내가 촛불집회를 매번 나갔어요. 집회에 가면 나는 걱정이 돼. 이렇게 많은 사람이 모였는데 여기 최루탄을 쏘면 어떻게 하나…. 옛날 생각이 나는 거지. 또 한편으로는 부럽기도 했소. 문화제도 하고, 애들도 같이 나오고, 최루탄 같은 건 쏘지도 않는 집회를 보면서, 그 옛날에도 이랬으면 얼마나 좋았을까 싶었소. 그러면 우리 이한열이도 죽지 않았을 거 아닌가.

그렇게 많은 생각이 오가는 동안, 이한열이는 내내 나랑 같이 있었다오. 나랑 이한열이는 하나요. 내가 가면 그건 이한열도 같이 가는 거요. 나는 앞으로도 이렇게 항상 이한열이랑 함께 다닐 겁니다. 여러분, 나를 만나면 그건 곧 이한열이를 같이 만나는 것이라는 사실을 알아주시오. 감사합니다.

* 이상의 내용은 배은심 여사가 SBS《궁금한 이야기 Y》제작진과 가진 구술 인터뷰를 바탕으로 구성되었다.

그리고
남은 사람들

쓰러진 이한열을 가장 먼저 일으켜 세웠던 도서관학과 86학번 **이종창**은 졸업 후 군 징집을 거부하고 노동현장에 투신, 2년 가까이 수배 생활을 했다. 수배 생활이 끝난 후 지역 도서관 운동을 하다 모교인 연세대 도서관에 취업했다. 그리고 다시 지역의 작은 도서관으로 옮기는 과정을 거치는 동안 큰 병을 앓기도 했다.

해마다 6월이면 많은 기자가 그에게 인터뷰 요청을 하곤 했다. 다시 돌이켜 생각하기 괴로운 일을 묻고 또 물었다. 힘들었다. 그래서 언론을 한동안 피했다. 배은심 여사를 뵙기도 쉽지 않았다. 어머니가 자신을 볼 때마다 아들을 떠올려 힘들어하실 게 걱정되었다.

30년이 지났다. 몸도 많이 회복되고 마음도 많이 단단해졌다. 이한열의 뜻을 널리 알리기 위해 30주기를 맞은 2017년에는 언론이 찾으면 찾는 대로 모든 인터뷰에 응했다. 6월항쟁 30주년 국가 기념식에서는 '이한열의 친구들'을 대표해 6월 9일에 이한열을 부축했던 또 다른 동기 박남식, 이한열기념사업회에서 일하고 있는 사회학과 86학번 김정희와 함께 단상에 올라 애국가를 선창하기도 했다. 이종창은 현재 경기도 파주의 한 도서관에서 관장으로 일하고 있다.

이종창의 뒤를 이어 이한열을 이송한 경제학과 86학번 **박남식**은 당시 모습이 사진으로 찍혀 〈동아일보〉 지면에 게재되는 바람에 집안이 발칵 뒤집혔다. 걱정한 집안 어른들이 그를 집에 감금하다시피 했다. 그래서 6월항쟁에 거리로 쏟아져 나오는 학생들 속에 그는 끼지 못했다.

그러나 이후에도 그는 꾸준히 이한열의 곁을 지켰다. 추모제에 해마다 참석했다. 그러면서도 어쩌다 그를 알아보는 사람이 있을지언정, 자신이 이한열을 옮겼다는 사실을 먼저 입 밖으로 내진 않았다. 그날 시위대열에 그와 함께 서 있으면서도 그를 지키지 못하고 뒤에 서 있었다는 데 대한 미안함 때문이었다.

그는 2015년부터 이한열의 연세대학교 입학동기들과 함께 '이한열문화제' 합창무대에 서고 있다. 시청 앞 광장에서 열린 '30주기 기념 이한열 문화제'에는 연세대학교 동문 200여 명과 함께 합창무대에 서기도 했다.

2017년 시청 앞 광장에서 열린 '30주기 기념 이한열 문화제'에서 노래하고 있는 연세대 동문합창단(ⓒ장철규)

박남식의 뒤를 이어 이한열을 이송한 **이상우** 역시 2017년 '30 주기 기념 이한열 문화제'에 풍물패의 일원으로 장례 행렬 재연 행사를 이끌며 이한열을 기억하는 일에 함께했다. 1987년 6월 9일 그 시위 현장에 있었던 많은 사람이 지금도 6월 9일이면 이렇게 함께 모여 이한열을 기억한다. 그러나 그렇지 못한 이들도 있다. 이한열을 이송한 10여 명의 사람 중 누군가는 이미 수년 전 암으로 세상을 떴고, 또 어떤 이는 다른 집회에서 눈을 다쳐 결국 한쪽 눈을 실명했기 때문이다.

쓰러진 이한열이 떨어뜨렸던 운동화 한 짝을 주워 응급실까지 찾아갔던 사회사업학과 84학번 **이정희**. 그는 학창 시절에 이 사회를 치열하게 고민한 만큼 대학 졸업 후에도 시민운동을 활발히 했다. 지금까지 20년째 구리 YMCA에서 활동하고 있다. 그는 자신이 주웠던 그 운동화가 사회적 관심을 그렇게 끌 줄은 몰랐다. 이한열기념사업회 역시 1987년에 시위 현장에서 그 운동화를 주운 사람이 누구였는지 2015년까지 모르고 있었다.

한동안 운동화는 세월의 풍상으로 바닥이 모두 파손돼 형체를 알아보기 힘들었다. 그러나 연세대 상경대 선후배들의 모임인 '연경네트'의 후원에 복원전문가 김겸 박사의 노력으로 원형 복원에 성공했다. 이 과정은 김숨 작가의 소설 『L의 운동화』(민음사, 2016년)를 통해 널리 알려졌다. 그러던 중 우여곡절 끝에 운동화를 주웠던 이가 밝혀졌다.

이를 계기로 이정희는 1987년 6월 자신이 주워 배은심 여사에게 전달했던 그 운동화를 지난 2015년, 무려 28년 만에 이한열기념관에서 다시 만났다. 그날 이정희는 진열장 창을 통해 오래오래 운동화를 들여다보며 1987년 여름을 생각했다.

연세대학교 총학생회장이었던 **우상호**는 이한열의 희생이 우리에게 남긴 의미를 지켜야 한다는 무거운 숙제를 기꺼이 두 어깨에 짊어졌다. 그래서 지난 1988년부터 2011년까지 햇수로 24년 동안

이한열추모사업회(사단법인 이한열기념사업회의 전신) 사무국장으로
일했다.

우상호는 매년 6월 9일 사람들을 모아 추모제를 준비하고, 7월
5일이면 광주 망월동 이한열 묘소로 달려가고, 기념관을 짓기 위
해, 또 이후에는 기념비를 새로 세우기 위해 성금을 모으러 다니며
남들에게 아쉬운 소리도 하는, 그런 역할을 묵묵히 했다. 2011년
사무국장 자리를 현 이한열기념관 관장 이경란에게 물려준 후에도
그는 기념사업회 이사로서 계속 활동하고 있다. 그는 기념사업회의
영원한 '머슴'이다.

이한열이 즐겨 찾던 주점 훼드라의 **조현숙** 사장. 이한열의 노제
에 음식을 손수 마련하기도 했던 조 사장은 2010년 73세의 나이로
타계했다. 세브란스에서 열린 추도식에서 훼드라를 즐겨 찾던 1970
년대, 1980년대 학번의 연세대 졸업생들이 '타는 목마름으로', '어
머니' 등을 부르며 그를 추모했다.

이한열의 중학교 동창 **박철민**은 배우로 우뚝 섰다. 그러나 그가
이한열의 친구라는 사실은 세간에 별로 알려지지 않았다. 박철민
자신이 이야기하지 않았기 때문이다. 먼저 보낸 친구에게 늘 빚을
진 것 같았고, 늘 미안했다. 시민단체 행사장에서 몇 번인가 이한열
의 어머니를 뵐 기회도 있었다. 그러나 차마 어머니한테 다가가 '제

2017년 '30주기 기념 이한열 문화제'에서 사회를 본 '한열이의 중학교 동창' 배우 박철
민(왼쪽)과 배은심 여사

가 한열이 중학교 때 친구입니다' 하고 인사를 드리진 못했다.

그러다가 우연한 기회에 이한열기념사업회와 인연이 닿았고,
이를 계기로 2017년 '30주기 기념 이한열 문화제'에서 사회를 맡았
다. 그날 배은심 여사에게도 드디어 인사를 드렸다. 그는 '이한열 홍
보대사 1호'다. "내 이름 하나 없는 게 한열이 이름을 사람들에게
알리는 데 조금이라도 도움이 된다면 감사한 마음으로 일하겠다"
는 것이 그의 다짐이다.

국민운동본부에서 일하며 연세대 재학생들과 재야 간의 연결
고리 역할을 했던 **김학민**은 2009년 이한열장학회 회장을 맡은 데

이어 2010년 (사)이한열기념사업회 이사장으로 취임해 지금까지 후
배들을 이끌고 있다.

세브란스 병동을 지키는 동기와 선후배들을 두고 차마 집에 갈
수 없어 도서관 책상에 엎드려 쪽잠을 자던 **이경란**은 1990년에 연
세민주동문회 간사로 일하기 시작하면서 이한열추모사업회 일과
인연을 맺었다. 2008년 이한열장학회 결성 과정에서 큰 역할을 했
고, 2011년부터 이한열기념관 사무국장으로, 2014년부터는 이한열
기념관 관장으로 일하고 있다.

작가 최병수와 함께 '한열이를 살려내라!' 걸개그림을 제작했던
문영미 역시 2013년부터 이한열기념관 학예연구실장으로 일하며
기념관의 각종 전시를 기획·운영하고 있다.

최루탄에 피격된 이한열의 사진을 전 세계에 타전해 여론을 환
기시킨 **정태원**은 1987년에 찍은 이한열과 6월항쟁 관련 사진 일체
의 저작권을 2011년 5월 이한열기념사업회에 양도했다. 1994년 로
이터 통신을 퇴사하고 15년이 지난 후 통신사 기자로서 찍은 사진
들에 대한 저작권을 회사로부터 양도받았는데, 그중 이한열 사진의
저작권을 다시 이한열기념사업회로 넘겼던 것이다. "나 개인이 사진
을 소유하고 있는 것보다는 더 오래, 더 널리 역사의 기록으로 남게
하기 위해서"였다는 것이 그의 말이다.

연세대학교 한열동산에 세워진 이한열기념비

　6월항쟁 당시 충정부대의 일원으로 시위 진압 훈련을 받았던 홍익대 미대생 **이경복**은 중견 작가가 되어 2015년 연세대학교 한열동산에 세워진 이한열기념비를 제작했다.

　1987년 6월 연세대학교 앞에서 학생들과 대치했던 **전투경찰 최모** 님은 2017년 초 이한열기념사업회가 다음카카오에서 연재한 스토리펀딩 기사를 보고 이한열기념사업회에 자신이 1987년에 썼던 일기와 당시 입수한 연세대 앞 시위 장면 사진을 제공해 주셨다. 당시의 귀한 체험담과 증언 또한 구두로 공유해 주셨다.

　1987년 당시 각종 집회를 주도한 연세대학교 총학생회 사회부장 **우현**, 국가대표 출신 '운동부 학생'에서 이한열의 피격을 계기로 '운동권 학생'이 되었던 **백성기**는 이후 사회에 나가서도 절친한 친구로 지냈다. 먼저 영화계에 데뷔한 우현의 추천으로 백성기 역시 배우로 활동 중이다.

이한열의 모교인 **광주 진흥고 사람들**은 지금도 이한열의 추모 예배마다 광주 묘역에 모여 이한열을 기억하고 이야기한다. 7월 5일 기일이면 광주를 찾은 추모객들을 살뜰히 맞으며 식사를 대접해 주는 고마운 이들이다. 진흥고에 마련된 이한열의 빈소를 관리했던 교사 **김동욱**은 현재 진흥고 교감으로 재직하고 있다.

1987년 당시 연세대 앞에서 시위를 진압한 전경 최 모 님이 이한열기념관에 제공한 당시 사진과 일기

▬ 그리고
남은 물건들

이한열이 입고 있던 **경영학과 티셔츠**는 그가 쓰러진 당시 묻은 혈흔을 고스란히 간직한 채 전문적 보존·처리 과정을 거쳐 현재 이한열기념관 4층에 전시되어 있다. 그날 그가 입었던 청바지와 안경도 마찬가지다. 이들 유품 보존·처리 작업은 시민들의 크라우드 펀딩으로 모인 후원금을 통해 이뤄졌다. 지난 2016년 나이 쉰을 바라보는 이한열의 경영학과 동기들이 이 옷을 29년 만에 새로 맞춰 입고 이한열의 추모제에 참석해 눈길을 끌기도 했다. 이 옷은 이후 영화 《1987》의 이한열 관련 장면을 그려낼 때 의상 고증에 이용되었다.

쓰러지는 이한열을 감싸 안아 그의 혈흔이 묻었던 **화학공학과 깃발**은 한동안 연세대학교 공과대학 학생회에서 소중히 보관했다.

이한열이 최루탄에 맞고 쓰러졌을 때 입고 있었던 경영학과 티셔츠와 청바지. 현재 이한
열기념관 4층에 전시되어 있다.

이한열의 혈흔이 묻은 화학공학과 깃발. 2015년에 발견된 후 이한열기념관에 기증되었다.

2001년에는 학생들이 '화공과 깃발의 보존을 위한 특별위원회'를 결성, 깃발을 표구까지 했다. 그런데 그 깃발이 2000년대 중반 어느 순간 '실종'되었다. 후배들에게 인수인계가 제대로 되지 않아 보관 장소를 알 수 없게 되었던 것이다.

　'공과대 어딘가에 한열 선배의 깃발이 있다더라' 하는 '전설' 만 떠도는 상태로 그렇게 몇 년이 지났다. 그리고 2015년 공과대 건물 리모델링을 앞두고 창고를 정리하던 학생들이 신문지에 싸여 있던 '바로 그' 깃발 액자를 발견했다. 깃발은 발견되자마자 이한열기

이한열의 사망과 장례 소식을 알린 1987년 7월 〈연세춘추〉 호외 (임종규 기증)

넘관에 기증되어 현재 보존 처리를 거친 후 역시 이한열기념관에서 전시 중이다.

이한열의 장례식을 취재한 **〈연세춘추〉 호외**는 지난 30년간 〈연세춘추〉 편집실조차 그 실제 모습을 몰랐다. 신문이 발간되지 않는 방학 중에 말 그대로 '정해진 호수號數 외에' 발행한 신문이었기 때문이다. 발간 호수의 일련번호 별로 정리된 〈연세춘추〉 아카이브에도 보관되지 않았다. 그러다가 2017년 이한열기념사업회가 1987년 당시 관련 자료를 모은다는 소식을 들은 연세대 경제학과 85학번 임종규 님이 30년간 보관해 온 신문을 기증함으로써 빛을 보게 되었다. 이 신문 역시 이한열기념관에 전시되어 있다.

'**한열이를 살려내라!' 걸개그림**은 현재 똑같은 그림이 세 점 존재한다. 원본은 작품의 미술사적 가치를 인정받아 국립현대미술관에 보존되어 있고, 이후 새로 제작된 걸개그림이 연세대학교와 작가에게 하나씩 있다. 연세대학교 학생들은 1987년부터 한 해도 거르지 않고 이한열이 피격되었던 6월 9일 신촌 캠퍼스 학생회관에 이 걸개그림을 내건다. 몇 년 전 연세대학교 송도캠퍼스가 조성되면서 작가가 보관하고 있는 또 하나의 걸개그림이 매해 6월 송도캠퍼스로 임대되어 역시 학교 건물에 내걸리고 있다.

연세대 영결식장부터 서울시청 앞 광장까지 운구 행렬과 함께 했던 **이한열 영정 그림**은 현재 이한열기념관 전시실 3층과 4층 사이에 걸려 있다. 이 그림은 해마다 6월이면 바깥나들이를 한다. 연세대 재학생들이 매년 6월 9일에 주최하는 '이한열추모제' 때 수레에 실어 연세대 교정을 한 바퀴 돈다. 그러나 안타깝게도 이 그림은 1987년에 그려진 원본이 아니다. 두 차례에 걸쳐 누군가 작품을 일부러 훼손하는 바람에 세 번째로 다시 제작한 것이다.

이한열 추모가 '**마른 잎 다시 살아나**'는 강한 생명력과 함께 지금도 추모가로 불리고 있다. 6월 9일 추모제에 모이는 동문 선후배와 시민, 그리고 연세대 재학생 후배들이 이 노래를 부른다. 지난 2016년 겨울 촛불집회 때 수십 만 군중 앞에서 이 노래를 부른 안치환은 2017년 서울시청 앞 광장에서 열린 '30주기 기념 이한열 문화제'에서도 어김없이 이 노래와 함께했다.

이한열이 피격 당시 착용했던 옷, 신발, 안경 등은 지금 모두 이한열기념관 4층 전시실에 전시되어 있다. 다만 한 가지가 없다. 그가 차고 있던 **시계**다. 시계는 그가 병원 응급실로 이송되는 과정에서 분실되었다.

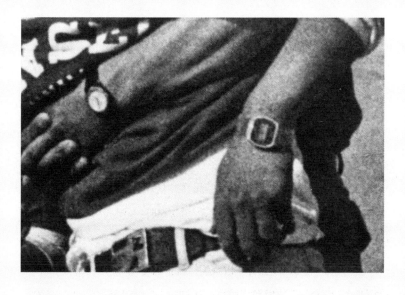

이한열이 쓰러지던 당시 몸에 지니고 있던 물건 중 유일하게 돌아오지 않고 있는 유물, 바로 그가 차고 있던 시계다.

여기에 얽힌 이야기가 하나 있다. 1988년 5월 15일, 서울대 재학생 조성만이 명동성당에서 양심수 석방, 미군철수 등을 주장하며 할복 투신자살을 했다. 시신이 안치된 서울 백병원에 대책위원들이 모였는데, 여기에 배은심 여사와 이한열의 사촌 마대복도 참석했다.

밤샘 농성과 회의가 며칠씩 이어지던 어느 날, 마대복이 아침식사를 위해 병원 인근 식당을 찾았다. 이때 한 학생이 주위를 조심스레 살피면서 그에게 다가와 작은 목소리로 말을 건넸다.

"한열이 형이시죠? 자주 얼굴을 뵀었기 때문에 기억하고 있습니다."

마대복으로서는 처음 보는 학생이었다. 하지만 그 학생은 1987년에 한 달간 세브란스에 머물렀던 마대복의 얼굴을 기억하고 있는 듯했다. 학생의 말이 이어졌다.

"실은 제가 한열이가 차고 있던 시계를 주워서 보관하고 있습니다. 돌려드리고 싶습니다. 그런데 제가 지금 사정이 여의치 않아서… 언젠가는 꼭 가져다 드리겠습니다."

학생은 그 말만 남기고 이름도 남기지 않은 채 서둘러 식당을 나섰다. 그리고 약 30년이 흘렀다. 그 학생으로부터는 아직 연락이 없다. 마대복은 염려한다. 혹시 그 학생의 신변에 안 좋은 일이 생긴 건 아닐까. 2004년에 이한열기념관이 생겼으니 마음만 먹으면 언제라도 시계를 돌려주겠다고 기념관으로 연락할 수 있을 텐데…,

아니면 시계를 잃어버렸기 때문에 미안해서 연락을 못 하고 있는 것일까.

이한열기념사업회는 아직도 그 시계를 찾고 있다. 쓰러지던 이한열이 자신의 몸에 지니고 있던, 아직까지 찾지 못한 마지막 물건. 아니, 시계는 찾지 못해도 상관없다. 시계를 돌려주겠다고 했던, 그 고마운 당신의 얼굴을 보고 싶다.

이한열의 '만화사랑' 후배인 만화작가 박순찬의 2017년 그림(ⓒ박순찬)

· 감사의 글 ·

지금까지 이한열기념사업회는 이한열 열사를 추모하고 그 죽음의
의미를 기억하고자 여러 일을 해 왔습니다. 이한열기념관 건립, 열
사의 유고와 투병 과정 및 장례식 관련 기록을 종합 정리한 단행본
발간, 열사의 약전 및 어린이용 만화약전 발간, 추모 및 기념비 건
립, 피격일과 기일 추모행사, 열사의 유품 및 관련 자료와 사진 전
시, 이한열장학금 수여사업 등이 그런 일들이었습니다.

이한열의 죽음 후 30년 되는 해에 맞춰 이한열기념사업회는 참
으로 쉽지 않은 작업을 시작했습니다. 30년 전의 관련 사실들을 찾
아 일목요연하게 복원하고, 이한열의 삶과 죽음을 다큐멘터리로 기
록하고자 했습니다. 이를 위해 많은 분으로부터 기억을 끌어와야

했습니다. 이한열의 어머니 배은심 여사를 비롯한 가족 친지들, 함께 어깨 걸고 아스팔트 위를 달렸던 연세대 선후배들, 그리고 투병 과정과 장례에 직간접으로 관련된 수많은 사람으로부터 증언을 들었습니다.

이 책은 이러한 분들의 증언과 당시의 기록을 씨줄 날줄로 엮어 정리한 일종의 '미시사'라 할 수 있습니다. 또 그해 그 광장에 함께했던 수백만 시민들의 열정이 하나로 모아지는 서사적 과정을 구체적으로 꼼꼼하게 기록했다는 점에서 '대서사시'라 할 수도 있습니다. 그러므로 이 책은 어느 특정인의 개인적 작업이 아니라 수많은 분의 기억이 모인 집단 작업, 집단 지성의 결과물이라 할 수 있습니다.

이 책을 위해 자료를 제공해 주신 분들, 직접 증언하거나 인터뷰에 응해 주신 모든 분들께 감사드립니다. 특별히 김정희 선생의 수고가 컸습니다. 선생은 그 방대한 자료들을 간결하게 정리하여 적당한 분량의 책으로 낼 수 있도록 원고를 집필해 주었습니다. 지면을 빌려 감사의 인사를 전합니다.

2017년 11월
이한열기념사업회 이사장 김학민

• 책이 나오기까지 도움을 주신 분들 •

이 책은 수많은 분들의 '선善함'이 쌓여 빚어진 책입니다.

2017년 1월부터 3개월간 다음카카오 스토리펀딩에 이한열기념사업회가 연재한 '잃어버린 시간을 찾습니다' 프로젝트에 후원해주신 924명의 누리꾼들. 이분들이 모아 주신 정성으로 이 책을 만들수 있는 기금이 마련되었습니다(명단은 별도로 수록합니다).

바쁜 시간을 여투어 집단 인터뷰에 응해 주신 만화사랑 식구들. 돌이키기 힘든 아픈 기억을 애써 떠올리며 함께 나눠 주셨습니다. 광주전남 6월항쟁기념사업회 조선호 님도 오래된 사진 자료와 증언을 모아 보내 주셨습니다. 연세민주동문회 회원들은 1987년의 기억과 당시 사용하던 약어의 어원 등을 함께 추적해 주셨습니다.

2015년 졸업 25주년 재상봉 행사 이후 꾸준히 '입학 동기 이한열'을 기리는 일에 함께해 주며 '한열이에 대한 추억'을 한마디씩 들려준 연세대학교 86학번 여러분도 이 책에 풍성한 살을 붙여 주셨습니다.

지난 2017년 6월, 연세대 박물관에서 열린 '이한열 30주기 특별기획전'에 전시된 사진 한 장에서 김영하 작가의 얼굴을 우연히 찾았습니다. 이 우연이 인연으로 이어져 김영하 작가가 친구를 기억하는 귀한 글을 써 주셨습니다. 배은심 여사를 늘 염려해 주고, 스토리펀딩 '잃어버린 시간을 찾습니다' 취재에 응해 주신 데 이어 이 책의 추천사까지 써 주신 JTBC 손석희 사장도 저희 이한열기념사업회의 든든한 지원자입니다.

많은 분이 사진을 제공해 주셨습니다. 이한열기념사업회에 사진 사용권을 양도해 주신 정태원 님을 비롯, 영월미디어기자박물관 고명진 님, 30년 전 연세대 앞에서 취재 활동을 하신 외신 기자 네이선 벤Nathan Benn 님, 30주기 기념사업을 벌이고 있다는 소식을 듣고 올해 초 대학 시절에 직접 찍은 사진들을 기념사업회에 기증해 주신 임종규 님, 그리고 많은 자료를 함께 발굴하고 취합해 주신 연세대박물관 이원규 님이 그분들입니다. 일부 촬영자가 밝혀지지 않은 사진은 저작권을 표기하지 못했습니다. 사진을 찍은 분을 찾게 되면 이후 이한열기념사업회 페이스북이나 홈페이지를 통해 밝히겠습니다.

SBS《궁금한 이야기 Y》제작진은 프로그램 제작을 위해 진행했던 이한열 관련 인터뷰 녹취내용을 흔쾌히 기념사업회와 공유해 주셨습니다. 배은심 여사의 인터뷰를 비롯한 이 책의 세밀한 주름과 무늬들이 이 자료 덕에 입혀졌습니다.

• '잃어버린 시간을 찾습니다' 프로젝트 후원자 명단 •

다음은 1만 원 이상 후원자 명단입니다.

Gooo3D 강기선 강단영 강대식 강대식 강병근 강선길 강영일 강은선 강진희
강철종 강혁구 강현주 강혜진 강효숙 강희중 고경희 고광현 고석배 고성익 고
은지 곽미예 곽진희 구자욱 권미진 권보미 권선경 권승민 권영회 권용호 권용
홍 권혜화 김가령 김건우 김경교 김경락 김경래 김경숙 김경숙 김경엽 김경환
김경희 김경희 김광수 김광우 김광진 김규석 김규원 김근강 김기범 김기운 김
기호 김나현 김난주 김남형 김내곤 김달영 김대하 김대현 김도순 김도하 김도
하 김동호 김두선 김명란 김명숙 김명정 김명진 김명희 김문호 김미경 김미경
김미나 김미숙 김미은 김미향 김민경 김민서 김민정 김병무 김병옥 김보라 김상
형 김성대 김성미 김성수 김성욱 김수경 김수미 김수혜 김순성 김순엽 김순옥
김신준 김영미 김영신 김영은 김영희 김영희 김옥경 김옥기 김완식 김왕일 김
용대 김용태 김용효 김우 김원남 김원섭 김원창 김유종 김윤선 김윤희 김은실

김은아 김은정 김은진 김의연 김이화 김인수 김인아 김인욱 김인철 김재경 김재억 김재영 김정연 김정은 김종현 김종호 김주현 김중은 김중하 김지연 김지연 김지연 김지연 김진태 김진현 김진희 김창익 김채원 김철식 김태은 김택수 김하윤 김학주 김해영 김혁 김현경 김현규 김현아 김현웅 김현정 김현정 김현정 김현중 김혜경 김혜란 김혜선 김홍준 김화경 김회주 김희경 김희근 김희명 김희정 나경택 나경화 나종진 나창엽 남광진 남기원 남수진 남승희 남지화 남찬현 남현영 노세호 노승희 노윤경 노윤정 노항래 도외숙 도진명 도훈맘 류시열 류은경 류정욱 맹영재 문병국 문은영 문홍일 민경문 박경희 박금주 박기승 박기용 박동승 박미아 박미영 박민서 박민숙 박민재 박서현 박선민 박선주 박선희 박성수 박성애 박성완 박성필 박성희 박수미 박수진 박순 박순기 박신혜 박여름 박영민 박영태 박옥순 박윤경 박은영 박재화 박정수 박정하 박종철 박준우 박지연 박지용 박지원 박찬수 박창은 박철 박철연 박태순 박현규 박현미 박현희 박형규 박혜선 박호정 방소영 방정아 배선한 배을진 배종령 백경애 백기현 백기현 백민수 백순미 백은숙 백인숙 변경미 변석만 빈석주 상덕규 서경기 서상균 서정민 서정빈 서지혜 서춘희 서효숙 석재임 성군회 성만준 성현미 소구호 소여정 소재현 손경옥 손경옥 손영은 손인수 손정태 송경근 송경숙 송경희 송미령 송병권 송병창 송봉은 송성대 송용범 송용한 송은정 송은희 송종원 신동석 신동헌 신미옥 신선혜 신성광 신성환 신정현 신창기 신현범 신현정 신혜련 신혜진 심영섭 심은정 심은희 심주영 심지연 안덕기 안병선 안성희 안용오 안재만 안종희 안진섭 안혜원 양동훈 양시철 양애옥 양용환 양욱진 양은희 양인천 양희철 어윤진 엄득종 엄명임 엄소연 여봉규 여송희 여은경 여혜진 오사랑 오수진 오애란 오영란 오주영 오지현 오춘자 오혜련 옥성은 우말숙 우선주김준호 우성문 우영미 원제환 위성균 위진옥 유경수 유선기 유선애 유성혁 유숙원 유안나 유윤정 유재민 유재영 유준호 유진석 유충권 유현주 유형근 유형선 윤경종 윤경환 윤병희 윤세진 윤여정 윤정한 윤행석 윤효중 이건무 이경란 이경수 이경영 이경은 이규화 이길우 이나경 이남명 이덕훈 이도앙 이동규 이동섭 이동익 이란주 이림 이명림 이문기 이미양 이미진 이미혜 이민정 이병열 이삼미 이삼우 이상돈 이상종 이상호 이상희 이석규 이선미 이선영 이선영 이선화 이선희 이성룡 이성자 이성주 이성형 이소정 이수미 이수정 이수한 이숙영 이슬기 이슬비 이승연 이승연 이승욱 이연수 이영아 이원덕 이유경 이유선 이윤경 이윤영 이윤자 이윤자 이은수 이은실 이은영 이은주 이은지 이은화 이인선 이장우 이장우 이재덕 이재용 이재운 이재홍 이정민 이정민 이정옥 이정현 이정현 이종춘 이종호 이주연 이준수 이준호 이중희 이지형 이진범 이진영 이진헌 이진희 이창건 이창연 이태효 이해진 이현숙 이현진 이형주 이호준 이효정 인남규 임경영 임경희 임남령 임동기 임소연 임소영 임수진 임수희 임영숙 임재운 임진아 임현빈 임현철 장미 장병호 장순녀 장원석 장중철 장중철 장지호 장형채 전나미 전노진 전명희 전민 전병민 전상엽 전준호 정대기 정덕영 정맹이 정미량 정석원 정설경 정성국 정세령 정세윤 정수잔 정승우 정아영 정애리 정연희 정영민 정영순 정영자 정운기 정원석 정윤주 정윤채 정은식 정은정 정은화 정의길 정인숙 정인숙 정재욱 정지원 정지혜 정진달 정진이 정혜민 조경돈 조길래 조미예 조민오 조민형 조봉덕 조성지 조수현 조용주 조은선 조은영 조주묘 조준우 조헌상 주수현 주윤하 주화음 지원태 진은숙 차지현 채부경 채송화 채정우 천선아 최계영 최명규 최명순 최미영 최미향 최봉화 최선미 최성동 최성호이명희 최소희 최연주 최연주 최영 최영서 최운림 최은희 최정밀 최정윤 최지현 최지환 최지훈 최진리 최청경 최필례 최하람 최현자 최형락 최희수 최미진 추연숙 추정하 티끌연치과 편준규 피터김 하경희 하정열 하종욱 하창읍 한규완 한기란 한문기 한성순 한수현 한승옥 한지영 함철호 허금란 허신숙 허자연 현재진 혜린윤우 홍경희 홍윤선 홍윤희 홍은정 황미숙 황병국 황신아 황연주 황운선 황은선 황재연 황S재용 황진숙 황태호